应共桃花说旧心

广州事情

王美怡 著

南方传媒
广东人民出版社
·广州·

王美帖

目　录

自　序

"编新不如述旧，刻古终胜雕今。"这是《红楼梦》第十七回贾宝玉随父亲贾政给大观园内各园林题匾额对联时，借"古人有云"说出的"真言"。

又有明末金陵名妓薛素素因"阿姊湘兰集唐句命书"，留下名联："但将竹叶消春恨，应共桃花说旧心。"

桃花之下说旧心，难免惘然。旧心是什么呢？无非是夜深时月色如水，花影映在竖排的书页之上，从字里行间隐隐听见传统的回声罢了。

我常年浸泡在旧书卷、旧册页之间，沾了满身旧气。文献枯燥、庞杂，读累了，就换一卷诗词曲赋或是文人笔记小品，慢慢品读。这是我的私密时光。

东坡先生《定风波》词云："秀色乱侵书帙晚，帘卷，清阴微过酒樽凉。"这正是我喜欢的书斋生活。一卷在手，心游万仞。古人的生活和天地万物、时令节气水乳交融，文字里蕴含着无穷无尽的能量，可以穿越千年时空，滋养性灵。

我生活的这座城市，是一座通往大海的城市。屈大均在《广东新语·天语》中描述他亲眼目睹的海上日出奇景："吾尝中夜而起，四顾寥寂，潮鸡始声，月影未息。俄而狮子海东，光如电激，由红而黄，波涛荡涤，半晕始飞，鸿蒙已辟，火云一烧，天海皆赤。"诵读久之，我悟出，珠江水长，海天无量，这是城市宏大的背景、序幕，也是它生生不息的力量源泉。

山作其骨江作声，九州南尽水浮天。岭南大地，自大庾岭绵延而来，一路重峦叠嶂，如天然屏风，如瓜蔓相葛，或合或离，一脉相承。山至虎门，奇峰陡耸，大小虎两山相束，为山海相连、东西二洋往来之要塞咽喉。广州城地势开阳，独占日月精华，暗蕴山海雄风。它的故事从南岭穿越梅关古道，在珠江的桨声帆影里回荡，而后奔腾入海，直达远洋。这是一个风起云涌、静水流深的故事宝库，山川地理、自然风物、人物更迭、时代风云皆是故事生长的土壤和原材料。

我穿行在城市的阡街陌巷中，寻找遗落在过去的故事。想起古人所云："山川之高远，风月之清明，天地之广大，人物之错杂，万象横陈，举无遁形。"面对此情此景，意到笔随，清墨扫纸，何其快哉！

巴尔扎克说过，文学家就是一个国家的私人史家，历史学家们创作或书写伟大的历史、战役、政府、人物，而文学家们写的则是私人史，写风俗、小人物等。吸引大文豪的是"过去的传言、节奏和诗意，它们属于一种深邃而幽暗的过去，一种不为人所熟知的过去"。

1985 年 11 月 29 日，加西亚·马尔克斯发表《致新千禧年》的重要讲话，谈及"国民记忆"：

它是一笔巨大的文化遗产，作为一项最早的多功能原材料，时刻陪伴在我们左右。……它是一种日常文化，体现在厨艺、服饰、独具特色的迷信和私密的爱情仪式里。它是一种欢庆、离经叛道、神秘莫测的文化，能够挣脱现实的束缚，化解理智与想象、言语与表情之间的矛盾，证明任何观念迟早都会被生命超越。

是的，任何观念迟早都会被生命超越。山河大地，本自具足，芸芸众生，随缘自在。

我想书写的正是隐藏在历史册页后面的私人记忆、生命记忆。它们扎根在土地之中，与天地万物相感应，生生不息。

2019年仲夏，我曾集古人四言诗句写下长诗《有风自南》，谨以此诗纪念我在山海之间的广州旧城度过的写作时光：

风日水滨，清露未晞。薰风南来，荏苒在衣。

南风吹竹，妙音希声。南有嘉木，奇花初胎。

天风浪浪，海山苍苍。意象欲生，造化已奇。

智海滔滔，灵珠璨璨。任性卷舒，随缘出没。

孤标寂寂，独立堂堂。智朗昏衢，梦惊长夜。

山河国土，意笔纵横。赤白青黄，心灯照耀。

行神如空，行气如虹。壮士拂剑，浩然弥哀。

千浔海底，万仞峰头。卓尔不群，湛然纯一。

云驶月运，舟行岸移。风云变态，花鸟精神。

如觅水影，如写阳春。若空孕色，犹蓝出青。

倒酒既尽，杖藜行歌。舜弦雅奏，以咏南风。

树生繁花，天地衍芳。如将不尽，与古为新。

素 馨 茶 事

清代广州，珠江南岸有大片洲渚，周回五六十里，江水四环，名曰"河南"。

这里坐落着许多小村子，据说一共有三十三村。村子里的人住在水边，靠天吃饭。他们每天驾着小艇出外讨生计。船头斜插着随意采来的野花，船舱里放着从邻村带回的谷酒。偶尔，他们会驾船去附近的海市，带回用竹筐盛满的海鱼海虾。村民每日的衣食都从水里、土里觅得。

河南有村名瑶溪。村子里种了好多水松、桃树。常来村子里串门的诗人潘飞声在他的《老剑文稿》里这样描述：

珠江之南，河曲而西，水松夹岸十余里。松尽得村曰瑶溪。溪又多桃，花时红霞满天，与松翠荡为云彩，上下异色，最称烟波胜赏。

桃花在水边慢慢洇红了，春天来了。桃花开放的时候，溪边很静。深红与浅红的花朵，被早上刚出来的太阳照着，在水面放着光。这么浓艳的景色，唯有极静寂、极清澈的溪水才能承托。几声青丝鸟的鸣啭，倏忽间让桃花林热闹起来。过后，又是一片深可见底的寂静。

春深了。采茶的季节也到了。河南的茶田多在瑶溪。

每天早上天还没亮，采茶女们就呼朋引伴地出发了。茶田里露水汤汤，山川风露的气息和茶香搅拌在一起，好闻得很。日光还没滤进茶林，茶树如一团团暗绿的、模糊的影子，只有枝头的嫩芽放着微光。梳辫子、戴斗笠的采茶女手脚麻利地摘下嫩芽，放进斜挎在腰间的竹筐里。光线慢慢地滤进茶林了，姑娘们的动作越来越快。她们要赶在太阳出来前把茶叶采完，送到守候在珠江岸边的茶贩那里。

采茶女们在晨雾里手摘的茶叶嫩芽，广州人称为"茶生"。茶贩买回茶生自制茶叶，薰以素馨、茉莉，茶香清冽甘甜，远胜松萝之类名茶，"河南茶"由此得名。

二八年华的女子，梳齐额刘海，穿月白布衫，戴竹编小笠，挎蛋形茶篮，如新绽的豆蔻花，应和着大自然的节律，在田间、水边、山林里穿行劳作，一边唱茶歌，一边飞花摘叶，实在是值得为她写诗的。

　　河南好种茶，春日茶田晓。
　　一抹绿烟微，茶歌出林表。

　　茶田风露香，忙煞采茶娘。
　　年年芽叶嫩，不信老韶光。

　　新绿上茶田，低鬟小笠偏。
　　莺啼花复笑，最好采茶天。

　　读着这些五言诗，真想在春深时节，坐在珠江岸边，静静地喝一杯河南茶，在袅袅茶烟里，远远地看姑娘们在茶田里穿行，偶尔抬起头来望望江面的渔船。春山三二月，红粉半茶人。红粉佳人在茶田，河南茶焉能不香也。

　　采茶女却不知道这些。她们只顾着埋头采茶。据说她们甚守礼法，有人借故问路，她们是一概不理的。但在春天的茶田里，她们会忍不住唱起茶歌来：

青青茶树改新柯，密叶声中春雨多。

今日清明好天气，隔山齐唱采茶歌。

河南三十三村中，有村名庄头村。村人以种植素馨花为业，花田之内遍种素馨花，弥望如雪，幽香四溢。素馨花因生长于珠江南岸，被称为"河南花"。庄头前后各村，数十里内还遍种茉莉，茉莉四时开花，如珠如玉。素馨田连着茉莉田，花田尽头是茶田。

以花薰茶是"河南茶"的制作要诀。陈献章在《素馨说》中云："取花之蓓蕾者与茗之佳者杂而贮之，又于月露之下，掇其最芬馥者置陶瓶中。"可谓解人也。

素馨、茉莉盛开时节，摘半含半放花朵，用纸糊竹笼两隔，上层置茶，下层置花，密密封固，窨三天以上，窨的时间越长，香味越浓。素馨、茉莉花香与茶香天生相契，河南花与河南茶相得益彰，其中妙韵，非亲自品茶者不可言喻。

嘉道年间，广州城里的风雅之士常常在珠江边的海幢寺里聚会，素馨、茉莉花茶是案上常备之物，花香、茶香杂糅着墨香，与珠江水色氤氲在一起，让人忍不住在心里轻轻叹息。寺庙的钟声倏然响起，如石子击水，把沉沉的日光搅碎。

咸丰年间，住在瑶溪的诗人杨永衍在鹤洲建鹤洲草堂，弃儒业茶，他是否亲手薰制过茉莉花茶呢？据黄任恒《番禺河南小志》载："鹤洲一带临河，每夏秋间，茉莉盛开。业茶者市花薰之，花残尽倾入海。繁白随流，十里飘逐。"

做了茶农的杨永衍在他的鹤洲草堂里和潘飞声、居廉等文士来往甚密，互相唱和之作颇多。他写过一首泛舟瑶溪的诗：

> 酒甄茶具预招邀，选胜松冈驻画桡。
>
> 我是武陵旧渔者，惯从花里过溪桥。

在岭南水乡久住的人，撑着小艇穿行在花丛里，花影在波光里跳荡，密密麻麻的花簇在头顶缠接成天然的花棚，那真是一个妙境。

扯远了，还是来说茶吧。正所谓"花田茶田春一色，薰茶禅味花消息"，且在春深时分，喝下这杯素馨茶吧。花窗之下品花茶，需握一卷古书，浅斟慢读，我想边喝茶边想想岭南旧事。

越秀山下，咸丰年间羊城名士倪鸿曾筑野水闲鸥馆，后避乱佛山，著有《桐阴清话》。彼时羊城尚有梅花，越秀山麓的群玉山房，就种有梅花数百本，高下环绕，花时香袭襟裾。《桐阴清话》载："以梅花雪煮茶，味极香美。"倪鸿引了顺德诗人梁思问的一首诗："破晓画眉声，啼落城头月。呼童起烹茶，自扫梅花雪。"

以梅花雪煮茶，或许是江南旧俗吧？明高濂的《遵生八笺》里记有"暗香汤"的做法："梅花将开时，清旦摘取半开花头，连蒂置磁瓶内，每一两重，用炒盐一两洒之，不可用手漉坏。以厚纸数重，密封置阴处。次年春夏取开，先置蜜少许于盏内，然后用花二三朵置于中，滚汤一泡，花头自开，如生可爱，冲茶香甚。"

岭南素无雪，梅雪茶或许只是想象中的美物。一方风土育一方风物。在弥望如雪的花田茶田里，且斟一杯河南茶喝下吧。珠江边这茶香、素馨花香、茉莉花香弥漫的村落，才是人世间可遇不可求的梦幻乐园。

沧海、明月与梅花

读过的岭南诗句中，最爱的一句是白沙先生的："凉夜一蓑摇艇去，满身明月大江流。"

豪情，野性，禅意，美感，尽在其中。真真是岭南派的"大江东去"。

白沙先生乃岭南奇人，创白沙之学，每以"静中养出端倪"教人，门下弟子无数，一生为农人，为布衣，安住江门海滨。

大江明月，布衣纶巾。白沙先生披蓑衣，摇小艇，悠然划向江中。一艇一人，一轮明月，意境超迈致天地低昂。

此情此景，也许只有屈大均夜半观海上日出，可堪媲美。《广东新语》载：

吾尝中夜而起，四顾寥寂，潮鸡始声，月影未息。俄而狮子海东，光如电激，由红而黄，波涛荡涤，半晕始飞，鸿蒙已辟，火云一烧，天海皆赤。

奇人观奇景，自有奇中奇。天地人和，方可叹："满身明月大江流。"

陈白沙、屈大均都是岭南山川孕育的一代奇才，奇才必有奇语，奇语必有奇趣，奇趣必有奇心。故而江上艇影，山间明月，与他们相谐相亲，好诗句自然水到渠成。身在万物之中，而心出万物之外，乃可风流潇洒，悠然自得。

白沙先生一生钟爱岭南的草木山川，不离故土。他常常戴玉台巾，扶青玉杖，插花帽檐，往来山水之间。他也喜欢在江边披藤蓑垂钓，曾赋诗云："何处思君独举杯？江门薄暮钓船回。风吹不尽寒蓑月，影过松梢十丈来。"

白沙先生一生不曾出仕，隐于岭南山野海陬，自成一格。他是书法大家，自己在山中束茅为笔，称为"茅龙笔"，用如此峭削槎枒之笔作擘窠大书，气象万千，令人叫绝。

白沙亦善画。沈德符《万历野获编》载："陈白沙理学名儒，其诗传世已如宋广平之《梅花赋》，乃盘礴之妙，与宋元名手几齐驱，信乎非常之人，其余技尚可了数子也。"绘事乃白沙先生"余技"，但"与宋元名手几齐驱"，信非常人！

岭南为化外之地，山海相连，以五岭为界，岭外江海群峰、草木生灵，沐山风海浪，另有一番淋漓元气。白沙、大均先生皆为文人，却无丝毫笔管之气，兴之所至，起而披蓑衣，摇小艇，一径划向大江大海深处。

比如春寒时节，屈大均喜欢荡舟至南海九江的海目山下，取鲥鱼为脍。取泼剌剌新鲜出水的海鱼，去其皮骨，洗尽血腥，细剁为片放入盘中，片片红肌白理，轻可吹起，薄如蝉翼，和以老酒食之，入口冰融。屈大均食罢，枕臂船头，忍不住慨叹岭外之人不知此味实为人间极品。

岭南多山。山间明月也是可亲的。于是想起另一佳句："千枝梅花，一片明月。"这是嘉道年间广东诗人张维屏的诗句。他写的是罗浮山上的梅花。

这千枝梅花，我们今天再也见不到了。它们早已化作了故纸之上的缕缕冷香。

可是，我想念这千枝梅花。

也许在很久远的从前，山川仍是自在静谧的。每夜明月自山峦升起，像雾一样罩在千树梅花之上。梅花是白的，生来与明月相契。千枝梅花，一片明月，是天然恬和的美景。

那时候，罗浮山是一座种满梅花的山。这山，本就是天外来客，自有仙气缭绕。据说，浮山乃蓬莱三别岛之一，太古时自东海浮来，与博罗的罗山相合，成为罗浮山。罗山、浮山，雨时二山相合，晴则两山分离。屈大均曾多次登上罗浮山巅，置身云海之中。对他来说，这是一段难忘的记忆：

> 向称罗浮在海之中，不知海乃在罗浮之中。自朝至暮，白云如波涛，浩浩天际，予身渺然，乃一叶之舟，尝言登罗浮有如浮海。

在这样的云海之中，观千枝梅花怒放，花在影影绰绰中，冷香与云雾交融，该是怎样的奇景？

千枝梅花，一片明月。念久了，就恨自己不生在旧时明月之下。

据载，罗浮山下有村名梅花村，竹林清溪边广植梅花，村路上落梅遍地，牛羊足迹过处，冷香阵阵。每到冬春之交，村民们拾落梅醅酒卖给过往行人。村口有碑，镌"师雄梦处"，记的是当年赵师雄月夜醉卧梅花之下做梦的韵事。

原来，千枝梅花，一片明月，是用来佐酒做梦的。

又有传说，说罗浮山上的女道人素月，曾经在梅花村里种下千树梅花。梅花怒放之时，她就坐在梅树下写诗。

在梅树下写诗的女道人，她有过什么故事葬在落花之下？

旧时岭南，梅花遍野，梅岭上有梅花，萝岗一带每到初冬，更是一片香雪海。梅花惟岭南最早。天地间略有寒意，岭南梅花就如雪片一样到处飞舞了。她们在岭南的山川草木间一开再开，秋末冬初初绽寒蕊，旧蒂刚谢，冬至日又发新花，寒冬腊月正是怒放佳期，皆因岭南地气充盈，草木繁茂，梅花可开而再开。

罗浮山下，那些年年开花的梅树，她们到底去了哪里？

我不喜欢现如今在风景区里规规矩矩开花的梅树。她们没有故事，没有风致，不可以拿来佐酒做梦。

梅花，本是流水空山独自开的自在本色，她们会在该开花的时节，静悄悄地迎着满山月色，兀自以香相和。

她们真用不着谁来规划。

桃 花 灼 灼

桃花是很家常的。

天地间春气一动，她就兀自热热闹闹地开放了，村前屋后，满树绯红。早上起雾，黄昏暮霭浓重时，又或是雨一直不停，桃花立在窗前，又热烈，又安静。

初春时节在山野里走着，溪水边一树桃花，浅粉嫣红，与满川新绿相映照，美得让人心惊。风吹来，水面一片落红。樵夫路过，说这是桃花水。

胡兰成的《今生今世》，开篇即写桃花：

　　桃花难画，因要画得它静。我乡下映山红花是樵夫担上带着有，菜花豆花是在畈里，人家却不种花，有也只是篱笆上的槿柳树花，与楼窗口屋瓦上的盆葱也会开花，但都不当它是花。邻家阿黄姊姊在后院短墙上种有一盆芷草花，亦惟说是可以染指甲。这不当花是花，人亦不是看花赏花人，真是人与花皆好。桃花是村中惟井头有一株，春事烂漫到难收难管，亦依然简静，如同我的小时候。

那时候，还是诗经和乐府的世界，百姓人家皆在日月山川里，桃花开在村头、溪边、山林深处，是随处可见的春消息。石涛有一册页画灿烂的桃花，题曰："东风得意乘消息，变作夭桃世上花。"

桃花难画，也难写。文人骚客的世界，往往清冷佗寂，自锄明月种梅花，文字里渗入冰雪之气，表明某种与尘世疏离的姿态。可是幽窗外的草木风物，与山河大地、四时节气相应合，四季都在兴致勃勃地变幻颜色。春气萌动，桃花就迎着日头怒放了。于是有人走出书斋，站在天地之间，写下了一些关于桃花的文字。

袁宏道《雨后游六桥记》记：

寒食后雨，余曰："此雨为西湖洗红，当急与桃花作别，勿滞也。"午霁，偕诸友至第三桥，落花积地寸余，游人少，翻以为快。忽骑者白纨而过，光晃衣，鲜丽倍常，诸友白其内者皆去表。少倦，卧地上饮，以面受花，多者浮，少者歌，以为乐。偶艇子出花间，呼之，乃寺僧载茶来者。各啜一杯，荡舟浩歌而返。

名士尚雅，衣食住行、谈吐交游都讲究格调、美感，一来二去的，不自觉地就带点咿咿呀呀、水袖轻拂的小生做派。袁中郎与一众友人耐不得此等雅趣，眼见穿白绸衣、身上白光炫目的浪荡子弟骑马飞驰而过，忍不住一阵欢呼，齐把外衣甩开，着白色内衣横卧满地桃红之上。春风浩荡，桃花乱飞，众人以面受花，脸上落花多的，浮一大白，受花少者，唱曲为乐。湖中小艇穿花而出，寺僧载茶来也。于是众人上船啜茗，荡舟浩歌而返。醉卧花间，白衣洇染，为西湖洗红，非狂士、达士不可为矣。

陈继儒《游桃花记》写春日闯入村民家中玩赏桃花之韵事，更是狂态毕露，让人忍俊不禁。眉公妙笔，先是描述城南桃花："南城独当阳，城下多栽桃花。花得阳气及水色，大是秾华。居民以细榆软柳，编篱缉墙，花间菜畦，绾结相错如绣。"花朝节后一日，眉公与友人踏青而来，见一户人家院内桃花翁然，径直推户闯入。屋主是一老翁，生于花朝节，正具鸡黍饷客，眉公不报姓名，却"冲筵前索酒，请移酒花下"。老翁虽愕然，仍恭谨从命。老饕一番后，"攀桃枝坐花丛中，以藏钩输赢为上下，五六人从红雨中作活辘轳，又如孤猿狂鸟，探叶窥果，惟愁枝脆耳"，日暮乃散，与老翁约定第二天再来为他做寿。

第二天，眉公与一众友人登门，加上刚刚回来的老翁之子，共十九人，一起于花下猜拳畅饮，佐以鲜笋、蛤蜊。中途有友人"以长绠缒酒一尊送城下"，众人大喜，赏为韵士。喝到兴头上，"从花篱外要路客，不问生熟妍丑，以一杯酒浇入口中，以一枝桃花簪入发角，人人得欢喜吉祥而去"。日暮鸟倦，月照归途，众人于月影中抱持而顾，见纱巾缥袖中满是桃花花瓣。

城南桃花得阳气及水色，开得浓艳热烈，于春寒细雨中跃出疏篱，引来一众韵士在花下狂欢，致使"一片赤霞，阑珊狼藉"。桃花满袖，春意缱绻，嫣红的花瓣在春风里翩跹，落在了故纸之上，让人低回不已。

江南一带的春天，千树万树桃花开。阮元在《定香亭笔谈》中记，出杭州艮山门，未至半山，有甘墩村，村中种桃花数千树，每到春日，弥天花雨洒落，水泛红潮。他常与友人放舟来村里赏花，水上浮满落花，他吟道："江城愁雨二十日，放晴小舸来花中。三篙新涨红到底，一片绛云飞不起。"

桃花与春风、春雨糅在一起，是很好的诗料。诗人喜欢在桃树下做梦、写诗。

唐朝诗人卢纶写下《同吉中孚梦桃源》："春雨夜不散，梦中山亦阴。云中碧潭水，路暗红花林。花水自深浅，无人知古今。"于静夜里走在桃花林中，春雨淅淅沥沥，雨打桃花，落花染红溪水。这桃花流水的春夜呀，何曾让人忘怀？

白居易也是桃花解人："村南无限桃花发，唯我多情独自来。"他在《游大林寺序》中写道：

> 山高地深，时节绝晚，于时孟夏月，如正、二月天。梨桃始华，涧草犹短，人物风候，与平地聚落不同。初到，恍然若别造一世界者。因口号绝句云："人间四月芳菲尽，山寺桃花始盛开。长恨春归无觅处，不知转入此中来。"

暮春时节，独自走进深山，于古寺之中静静地看一树嫣红的桃花。韶华胜极，热烈与孤寂同在，桃花快开尽了。

　　写桃花写到极致的还是陶渊明。"缘溪行，忘路之远近。忽逢桃花林，夹岸数百步，中无杂树，芳草鲜美，落英缤纷……"武陵深处的桃花林把渔人引入了一片梦中的乐土。桃花源里，不知有汉，无论魏晋，土地平旷，屋舍俨然，村民黄发垂髫，怡然自乐。这是陶渊明在桃树下做的一个美梦吗？这个梦，让中国文人们做了千年。

　　岭南地暖，桃花开得早。一水潆洄，荡成香雨，两桨如飞，万红相送，是岭南寻常春景。旧城北有芳春园，桃花夹水二三里，可通舟楫至荔枝湾。珠江南岸鹤洲草堂主人杨永衍有诗云："惯从花里过溪桥。"

　　屈大均在《广东新语·木语》中记，旧时岭南有香桃花，于八九月盛开，花含微香。这是留在故纸之上的野香吗？我可从没见过夏天盛开的香桃花。

　　黄任恒《番禺河南小志》又记，珠江南岸小港，在杨孚宅旁，近海幢寺，接茶滘村，有漱珠、云桂桥，是赏桃花绝佳处。谭莹常常于除夕日去小港看桃花。彼时珠江港口舟楫林立，万商云集，广州城里一派富贵升平景象。谭莹正协助富商伍崇曜编订《粤雅堂丛书》，流连于诗酒书画之间，荔湾啖荔，蒲涧撷蒲，花坞春游，珠江秋禊，可谓清福无限。谁知好景不长，道光二十一年（1841），珠江江面炮火纷飞，风声鹤唳。这年除夕他再到小港看桃花，心境与昔年已有天壤之别。此地甫经兵燹，逼近海隅，虽是彤霞匝地，绛雪满天，赏花人却愁眉深锁，忧心忡忡。正所谓：

落红无数晚潮急，欲往寻春愁隔海。

乱世中的桃花依然不管不顾地开得灿烂，在暗淡、萧索的除夕黄昏，看起来像一团团梦幻的红云。待寒风吹过，水面上的落红，看起来实在让人心惊。

野 火 花

广州地处天南，阳气旺盛，故一年四季满城红花怒放。这正应了诗人何其芳的那句诗："北京飞着雪，广州还开着红花。"

三月伊始，木棉花开了，像硕大的、盛满红酒的酒杯，高高地举向天空，庆贺春天的盛大来临。大簇大簇的簕杜鹃在人行天桥上组成长长的花桥，仿佛城市进献给春天的花环。炮仗花密密麻麻爬满了院墙，像瀑布一样垂挂在路边，灿烂、热烈得让人怦怦心跳，似乎让人隐隐听见了春天行进时咚咚敲响的鼓声，有什么好事即将发生了。

城里的木棉多是古树。《广东新语·木语》载，南海神庙前的十余株木棉最古，每年二月盛开时，"观者至数千人，光气熊熊，映颜面如赭"。从白云山麓到越秀山麓有甘溪，唐节度使卢均疏浚以通舟，筑堤百余丈，"建亭树其上，列植木棉、刺桐诸木，花敷殷艳，十里相望如火"。在屈大均的笔下，木棉"正月发蕾，似辛夷而厚，作深红、金红二色。蕊纯黄六瓣。望之如亿万华灯，烧空尽赤。花绝大，可为鸟窠"。这真是可以和春天怒放的木棉花媲美的文字。

广州的红花很多，都是满树怒放、灿若红霞的。因广州地处南方炎阳之地，阳气凝聚生发，花朵吸足炎阳之气，便如火焰一般绽放。

刺桐。花形如木笔，花开的时候满树红霞，不见一片绿叶，风过处，花色更艳。日暮时分，在山海相连处远看满山刺桐开花，与天边落霞辉映，那场景是有点魔幻的。

朱槿。《广东新语·木语》这样描述朱槿开花的情状："叶如桑，光润而厚，树高止四五尺，而枝叶婆娑，自仲春花至仲冬。一丛之上，日开数百朵，朝开暮落，色深红五出，大如蜀葵。瓣卷起，势若飞飚，层出如楼子。有蕊一条，比瓣稍长，上缀金屑，日光所烁，疑有火焰。"朱槿生长在炎阳之地，吸足天地灵气，又与日光感应神交，在一瞬间迸出千百朵艳如红绸、光若火焰的花朵，让赏花人头晕目眩，写下与天地万物一起律动的文字。这写作的过程，也像朱槿开花一样吧？

使君子。夏天的午后，经过一处老房子，周围很静，大簇大簇开满花的使君子从院墙上垂下来，像一道红艳艳的花帘，空气里渗进若有若无的甜香。这热烈的绽放让我停下来，靠在花帘旁默默站了好一会儿。

马缨丹。又称为七姊妹、五色梅。清吴绮《岭南风物记》载："马缨丹出广州府，花如江南绣球，花四出但不圆耳，色大红，鲜妍可爱，即将衰卸，垂垂亦如珊瑚。"和马缨丹长得很像的是龙船花。五月江水涨起来了，埋在泥里的龙船也在壮汉们的吆喝声中起出来了，扒龙船的日子临近了，龙船花在院子里、水边热热闹闹地开放着，像一朵朵鲜红的绣球，也像端午节前预先点燃的节日礼花，两广地区把它叫作"水绣球"。

岭南五月的早晨，雾水汤汤，田间地头院子里的植物都在一瞬间醒了，开出各色各样的花儿。村民把玉绣球、朱槿、瑞香、蔷薇、凌霄、西番莲等种在院墙边、篱落间，花开时诸色相间，如天然锦屏。

我喜欢在午后难得的静寂里，去老城区的街巷里转悠。从春到夏，老洋房的院墙内外，爬满了灿烂的红花，簕杜鹃、炮仗花、佛桑花、合欢花、茑萝花……像丝缎般在风里颤动，像星星一样在艳阳下放光。

合欢。眼前的这棵合欢树，满树羽毛一样的叶片，风起的时候，仿佛要飞起来一样。合欢木似梧桐，枝柔弱，叶细而繁，叶片中缀满一团团花朵，上半白，下半肉红，散垂如丝，像迎风摇曳的红丝绦羽扇，红艳艳的光影，如梦如幻，还散发出缕缕清芬。合欢树的叶片是互相交结、昼开夜合的，合欢花又是那么柔美、芬芳，常常让人想到缠绵的情侣。屈大均写情，一向大胆、热烈，他有《定情曲》云："愿作合欢草，夜则为一茎。与郎缠绵死，地下犹相并。"读来心惊。

凤凰花。我书房的窗下，有一棵长得很高的凤凰木。窝在窗边的沙发里看书的时候，我时不时抬眼看一看这棵凤凰木。它的花期可真长呀，满树红云笼罩，总有三四个月了吧。起风了，羽扇一般的枝叶袅袅娜娜地舞动着，很舒心的样子，它让我的书斋时光愈发宁静。

可是，在张爱玲的《倾城之恋》里，凤凰花却是被称作"野火花"的。

白流苏初到香港，在浅水湾，范柳原挽着她下车，指着汽车道旁郁郁的丛林道："你看那种树，是南边的特产。英国人叫它'野火花'。"白流苏在暗夜里看凤凰木：

> 她看不出那红色，然而她直觉地知道它是红得不
> 能再红了，红得不可收拾，一蓬蓬一蓬蓬的小花，窝
> 在参天大树上，壁栗剥落燃烧着，一路烧过去，把那
> 紫蓝的天也熏红了……叶子像凤尾草，一阵风过，那
> 轻纤的黑色剪影零零落落颤动着，耳边恍惚听见一串
> 小小的音符，不成腔，像檐前铁马的叮当。

张爱玲用"野火花"暗喻两人之间热烈的情欲：

> 他第一次吻她，然而他们两人都疑惑不是第一
> 次，因为在幻想中已经发生过无数次了。……现在这
> 忽然成了真的，两人都糊涂了。流苏觉得她的溜溜走
> 了个圈子，倒在镜子上，背心紧紧抵着冰冷的镜子。
> 他的嘴角始终没有离开过她的嘴。他还把她往镜子上
> 推，他们似乎是跌到镜子里面，另一个昏昏的世界里
> 去了，凉的凉，烫的烫，野火花直烧上身来。

谁的生命中没有"野火花直烧上身来"的迷乱瞬间呢？凤凰木灿若云霞的花朵，会在窗前一直开放，提示着日常之外某种热烈和缠绵的存在。

茑萝花。好多年前的某个初夏，在珠村游逛。这是一个古村，村里的妇人喜欢坐在祠堂的屋檐下做珠花。长长的木桌上，堆满了各色丝绦、彩珠。她们坐在桌边，一边说笑，一边用丝线穿珠子。

太阳很好。满堂花影。

屋檐上，一丛怒放的茑萝花如帘幕般垂挂着。细如丝的、翠绿的叶子中间，蹦出一簇簇星星一般的五星花，密密地在我们的头顶织成一张花网。穿过花帘的时候，我觉得头都快要把枝蔓间的花儿碰落了，赶紧低下头，把垂落在发梢的茑萝花撩开。

走出祠堂，回头看看，茑萝花嵌在青绿的藤蔓间，像野火一样，在五月的艳阳下燃烧着……

宵待草与子夜歌

宵待草，名字缠绵，香气也缠绵。

黄色的薄如细绢的花瓣，在暗夜里开放，让人想到那些隐秘的、没有结局的恋情。冷香揉在夜气里，一点点渗过来，像细丝一样，把某些不忍舍弃的东西，密密地缠起来。

女人在夜色中，看见这闪着幽光的嫩黄花瓣，就会想起某些瞬间。

秘密去访问（情人）的时候，夏天是特别有情趣。非常短的夜间，真是一下子天就亮了，连一睡也没有睡。无论什么地方，都从白天里开放着的，（就是睡觉）也很风凉的看得见四面。也还是话说不了，彼此互相回答着，这时候在坐着的前面，听见有乌鸦高声叫着飞了过去，觉得自己是明白的给看了去了，很是有意思。

在冬天很冷的夜里，同了情人很深的埋在被窝里，卧着听撞钟声，仿佛是在什么东西的响着似的，觉得很有趣。鸡声叫了起来，也是起初是把嘴藏在羽毛中间那么啼的，所以声音闷着，像是很深远的样子，到了第二次三次，便似乎近起来了，这也是很有意思的。

清少纳言的文字真是有意味。"非常短的夜间，真是一下子天就亮了，连一睡也没有睡"。这"秘密去访问情人"的女子，分明就是一株在暗夜里开放的宵待草呀。

宵待草，是竹久梦二的爱情之花。他的画笔下像宵待草一样的女子，都长着一张惆怅的脸，眸子大而圆，睫毛细长，神情怅然若失，有种难以名状的易碎之美。他想拂去她们脸上的忧伤，却恍若置身梦境。

宵待草，在夜晚开出黄色花朵，于月隐日出前凋谢。所以，宵待草也可以叫作徒然草吧。纵使夜夜欢爱，宵待草的浓香让人迷醉，可是飞升之后，终有坠落的瞬间。女子像宵待草一样，在深夜热烈地开花。可终有一天，也会花落情逝的。再在路边看到那个热烈爱过的身影，竟如陌生的路人一般。这，也是一种爱的徒然吧。

所以，《子夜歌》里唱道："欢从何处来？端然有忧色。"

忽然想起谷崎润一郎的《阴翳礼赞》，他写了那么多的阴翳之美，可是有一样却漏了。

最极致的阴翳之美，就是和心爱的人一起坠入深渊之中呀。

少年时的初恋如栀子花般清香惆怅，青年时的热恋如玫瑰一般怒放。到了中年，一切都安静下来了，叶子落了，太阳也下山了，暗夜来临。可是，有一种危险的花以猝不及防之势突然绽放。人到中年的隐秘情感，如暗夜里开出的宵待花，缠绵到如坠深渊之中。

这真是极致的阴翳之美。

黄昏时坐在窗边读《枕草子》。窗外暮色沉沉。看到清少纳言写她担心的事：暗黑的地方，吃覆盆子。

覆盆子，那么饱满殷红的果子，却是在暗黑的地方吃。吃覆盆子的女人，是妖娆的、危险的。她半是女神，半为女巫，看起来洁净清冷，如冷月寒星，却因某种光芒的照耀，妩媚至极。她希冀借一叶扁舟抵达生命的乐园。其实，人生何其虚幻。吉田兼好法师在《徒然草》中说过："人心是不待风吹而自落的花。以前的恋人，还记得她情深意切的话，但人已离我而去，形同路人。此种生离之痛，有甚于死别也。"

即便如此，宵待花开放的暗夜，还是美得惊心动魄呀。人世间的媚草，从来都会把美人的心越缠越紧。《楞严经》云："汝爱我心，我怜汝色，以是因缘，经百千劫，常在缠缚。"

想起《南方草木状》里的鹤草：

鹤草，蔓生，其花曲尘色，浅紫蒂，叶如柳而短。当夏开花，形如飞鹤，觜翅尾足，无所不备。出南海。云是媚草，上有虫，老蜕为蝶，赤黄色。女子藏之，谓之媚蝶，能致其夫怜爱。

还有《花镜》里的独摇草：

独摇草，一名独活。多生于岭南及蜀汉川谷中。春生苗叶，夏开小黄花。一茎直上，有风不动，无风自摇。其头如弹子，尾若鸟尾，而两片关合间，每见人辄自动摇，俗传佩之者，能令夫妻相爱。

陌上花开，春山可望。那漫山遍野的野草闲花都是美人们的化身呀。那日出前凋谢的宵待草，那花开如飞鹤的鹤草，那无风自摇的独摇草，都是美人们的幻梦呀。

罗浮睡了

说起岭南风物，在我看来，罗浮山梅花女神的传说是最美的。

隋开皇中，异乡客赵师雄天寒日暮时分行至罗浮山下，见松林间有一酒肆，一女子素服出迎，言辞清婉，芳香袭人。女子与师雄相对畅饮，有绿衣童子在旁笑歌戏舞。师雄大醉，懵然睡去。醒来时东方已白。师雄起视，方知自己昨晚睡在一棵大梅花树下，上有翠鸟啾嘈。

原来赵师雄所遇美女，乃梅花女神。绿衣童子是枝上翠鸟所变。

在岭南山林里独行的男子，大概都想在梅花树下做一个这样的绮梦吧？明代汤显祖经南雄梅关古道南行到徐闻任职，北归后写《牡丹亭》，男主人公柳梦梅就是一位在梅树下做梦的岭南才子。有人猜测，汤显祖正是受了这则流传甚广的传说的启发。

闲来乱翻书，竟然在《红楼梦》第五十回《芦雪庵争联即景诗　暖香坞雅制春灯谜》里，看到曹公借邢岫烟之笔写"罗浮梦"。众人在芦雪庵联句，贾宝玉写诗"落了第"，被罚往妙玉的栊翠庵折回一枝红梅。邢岫烟于是作了这首《咏红梅花得"红"字》，末句遥想罗浮山下绿萼梅花叠映于山色之间：

桃未芳菲杏未红，冲寒先喜笑东风。

魂飞庚岭春难辨，霞隔罗浮梦未通。

绿萼添妆融宝炬，缟仙扶醉跨残虹。

看来岂是寻常色，浓淡由他冰雪中。

邢岫烟在大观园里是个素人，清清淡淡的，她跟妙玉学诗，她知道绿萼仙子是很美的，尤其是在梦里。

屈大均在《广东新语》中记述，罗浮所产梅花，"肥大尤香"。罗浮山下有梅花村，前对麻姑、玉女二峰，"深竹寒溪，一往幽折"，村子里遍种老梅树，"花开大者如玉盘"，散发奇香。冬春之际，村民以落梅醋酒，在村南麻姑酒田售卖，附近有一茅屋，门前竖一石碑，上书"师雄梦处"四字。这字究竟是谁写的呢？不得而知。

屈大均又说，罗浮山有一女道人名素月，曾"种梅千本"于梅花村。古往今来，又有多少人想在素月种下的梅花树下做梦呢？不得而知。

这实在是比《聊斋》故事更美的传奇。

梅花树上跳舞的绿衣童子其实是罗浮山中的幺凤化身而来。罗浮山林里藏着各种小凤。桐花凤不易见到，它居不离桐花，饮不离露，桐花开则出，落则藏，是以桐花为胎、以露为命的神鸟。幺凤却是常常可以见到的，绿衣黄里，色甚姣丽，每日里倒挂在梅花枝上，人至不去，又名倒挂子。

梅花送香，幺凤唱歌，山中高士卧，林下美人来。也许是罗浮梦太美，这梦境竟成了中国古代文人的一帘幽梦。

清代杭州诗人陈云伯的长诗《梦游罗浮吟》把罗浮梦写得缠绵悱恻、飘飘欲仙：

　　　　罗浮之山四百峰，峰峰乱插青芙蓉。湿翠满衣风浩浩，梦中识是罗浮道。冷云卧地枝横斜，月明光照千梅花。梅花如雪月如影，美人翩翩衣袂冷。霓裳淡衬仙云娇，倚树为我吹琼箫。琼箫一曲声呜咽，满地纷纷落香雪。酌我酒，赠我花，云中遥指仙人家。醉邀胡蝶为我舞，流珠簌簌月当午。一声长啸归去来，侧身东望思蓬莱。四面花光暗成雾，月中不辨来时路。

江南文人在写到梅花时，偶尔也会联想到罗浮梦。晚明嘉兴画家李日华在《味水轩日记》中记：

〔万历四十三年乙卯正月四日雨〕购得盆梅红白二树，树高三尺，各敷五百余花。因忆少时读书亡友吴伯度园斋有蟠梅绿萼者两株，高五尺，结干三层，敷万余花。时望之，万玉玲珑，如珠幢宝盖，香气浮动。每岁首，即已放白。伯度性豪饮，又喜以酒醉客，月下花影中，往往有三四醉人躺卧，醒乃散去。余独取屏障遮围，置床其中，甘寝竟夕。曙色动，始起坐，觉遍体肌肤骨节俱渍梅花香气中，不知赵师雄罗浮梦视此何如也。

李日华于蟠梅树下一夕甘寝，全身肌肤骨节都浸透了梅花的馨香，脱尽尘俗，如入仙境。唯一无法与赵师雄媲美的是，他没能在梦中与幽香沁骨的梅花女神相遇。

苏东坡贬谪到惠州，见松风亭下梅花怒放，诗兴大发，也把罗浮梦重温了一遍：

> 蓬莱宫中花鸟使，绿衣倒挂扶桑暾。
>
> 抱丛窥我方醉卧，故遣啄木先敲门。
>
> 麻姑过君急洒扫，鸟能歌舞花能言。
>
> 酒醒人散山寂寂，惟有落蕊黏空樽。

咸丰十年（1860），岭南大儒陈澧游罗浮山，见罗浮山巅白云如水，自朝至暮，浩浩无际，人身处其中，如一叶之舟，浮游海上。他的脑海里浮出"罗浮睡了"四个字。莫非一代大儒也想做一回罗浮梦？

陈澧，字兰甫，号东塾，世称"东塾先生"，为学海堂学长数十年，晚年主讲菊坡精舍，生徒甚众。东塾先生乃清词大家，素来才思敏捷。可是，想到"罗浮睡了"四字之后，他竟再也续不下去，搁在心里成了一桩心事。是年中秋，他住在南海横沙村中，写下《秋夜即事》一诗：

> 四山雨气全成水，一桁楼阴倒入池。
>
> 野鹤闲鸥都睡了，此时清兴有谁知。

罗浮睡了，野鹤闲鸥都睡了，那首词还没续完……

又一年，陈澧寄住龙溪书院，深夜步出院门，望见罗浮诸峰浮在月色之上，再次想起那句未完的"罗浮睡了"，凑成《醉吟商·龙溪书院门外见罗浮山》一词：

> 渐坐到三更，月影正穿林杪。水边吟啸，此际无人到。一片白云低罩，罗浮睡了。

明眼人一眼可知，这词乃勉强敷衍而成。罗浮睡了，一代大儒想做一个怎样的美梦呢？他的梦里是否氤氲着寒梅的暗香呢？或者还有更多欲说还休的绮思？他不说出心中那些难以言表的幽思，罗浮山也只能在他的笔下沉沉睡去。

后来，东塾先生的弟子潘飞声于光绪二十八年（1902）三月携妻梁蔼游罗浮，至东江泊舟，望罗浮四百峰横亘烟月中，越发觉得东塾先生"罗浮睡了"四字神妙如绘。归来后，潘飞声与好友黄遵宪各以"罗浮睡了"四字为首句，写下同题词作《双双燕》互相唱和。

潘飞声《双双燕》上阕云：

罗浮睡了，看上界沉沉，万峰未醒。唤起霜娥，照得山河尽冷。白遍梅田千井，见玉女青青两鬓。恰当天上呼船，倒卧飞云绝顶。

潘飞声出身于清代广州十三行总商潘家，家境殷富，曾游学德国，见过大世面，是世家公子加才子作派。他有罗浮诗多首，其中妙句"万壑荡空明，仙山古无夜"素来为人称赏。

对于潘公子来说，这万壑空明的仙山，是他所向往的归隐之地，他只想高卧林下，在梅花树下做个飘然出尘的好梦。和梅花女神把酒言欢，想想很美，却是可遇而不可求的。

更高远清雅的境界，是要像松尾芭蕉那样，"譬如高门之士，扮作草笠道袍花下凭几，而成串团子终不下手，单饮茶休息着"，就算"独卧人所不知的藏部山梅树之下，意外的染了花香"，终不落于情障之中。不到此境地的人难及也。

这是从知堂先生的《谈俳文》里学来的。

陈村口号

说岭南风土，最值得品咂的是岭南花事。满村花树，曲水通幽，说的是陈村。屈大均有诗云："竹间三尺水，花下一人船。"

竹林在水面搭成天然凉篷，诗人在河涌中摇艇而过，水面花摇影乱，野香自四方八面涌入。得此风土滋养，诗人自是文思泉涌。舟入陈村，好诗已成：

山光因雨发，林气得风清。

啼鸟元无意，当春自有声。

溪随花路远，云向水村明。

一棹斜桥外，归时月已生。

读这醇厚的岭南田园诗，要在雨后清晨，坐在水天一色的河涌岸边，闻着土腥味和草木芬芳混杂的气息，如同捧着刚刚淋过透雨的木兰和茉莉花，把这些数百年前的诗句捧在手中，一个字、一个字地，慢慢地嚼。

古时的诗人，是静观春生冬藏、草木衰荣的老农。屈夫子就坐在村头的木棉树下写诗。暮春时节，他写《暮春村行》：

> 水涨平桥断，微茫春渚西。
> 不知一片雨，添得几长溪。
> 渔艇渡头冷，白鸥人外低。
> 因看木棉树，村路未曾迷。

岭南花事四季繁盛，屈夫子的诗句也像密匝匝怒放的野花，开满村陌水边。

看花当去陈村。这是岭南的百花村。陈村在屈夫子的笔下是这样的：

> 顺德有水乡曰"陈村"。周回四十余里，涌水通

潮，纵横曲折，无有一园林不到，夹岸多水松，大者合抱，枝干低垂，时有绿烟郁勃而出，桥梁长短不一，处处相通，舟入者咫尺迷路，以为是也，而已隔花林数重矣。

陈村人是最善养花的岭南乡民，身怀独家秘技。附近村民种花木，都到陈村买秧，经陈村人手植的花木长得格外繁茂。从春到冬，河涌里舟来舟往，花船穿梭不绝。陈村也是果乡，满村的龙眼树弥望无际，约有数十万株，荔枝、柑橙诸果次第成熟。

花林数重，摇艇穿行而过，自是赏心乐事。竹深花密，花气如烟，诗人迷失在花海之中，随口吟出《陈村口号》：

渔舟曲折只穿花，溪上人多种树家。
风土更饶南北估，荔支龙眼致豪华。

也许是百花有灵，陈村水最宜酿酒。屈夫子上得岸来，喝一碗陈村人酿的高头豆酒，真是清冽甘醇。微醺之中，他再次打量这花团锦簇的村落，心里越发平静。

他驾扁舟归去。繁花之下，他只傍小舟一叶，还有夕阳相随，花香浸润，他想在水上一直漂游，不论今夕何夕。

岭南盛夏多雨，雨丝挂在玻璃窗上，城市有了一点淡远的意趣。忙碌之余，在书房里捧读陈永正先生主编的《屈大均诗词编年笺校》，心里又安静又惆怅。这旧墨残笺，发散出岭南山川大地的清气，让我缓过神来。

田园将芜胡不归？屈夫子的岭南田园，靠山面海，可罗浮放歌，可西江泛舟，可花田饮酒，芦橘、杨梅、荔枝、龙眼次第成熟，木棉、朱槿、素馨、幽兰顺时开花，我想在雨霁风清之时，随屈夫子摇艇去往陈村看花，仰头喝下一碗高头豆酒……

岭 南 月 令

平日里喜欢读古人记四时草木风物的笔记小品，案头放着宋代陈元靓的《岁时广记》，闲时翻翻，随手在纸上记下一些有意思的事物。

散落在书桌上的这些手抄纸，让我想起了清少纳言的《枕草子》。她写的都是一些日常的碎片，随时想到，随时记下，一张张稿笺散落在枕畔，故名《枕草子》。这些文字都是岁月的落花呀，捧起来闻闻，还带着枯萎后的余香，让人有点惆怅。

春天里的事是：花信风。榆荚雨。杏花雨。桃花水。踏春歌。梦春草。移春槛。探春宴。挂裙裾。取红花。探花使。护花铃。托花香。卧花酒。酿梨春。怜草色。望杏花。看菖叶。

夏天里的事是：黄梅雨。送梅雨。濯枝雨。留客雨。落梅雨。黄雀风。瓜蔓水。竹迷日。樱笋厨。临水宴。霹雳酒。寒筵冰。迎凉草。卧北窗。作夏课。逐树阴。赐朱樱。沉瓜李。赋杞菊。

秋天里的事是：仙掌露。青女霜。蓼花风。裂叶风。鲤鱼风。黄雀雨。豆花雨。登高水。一叶落。蟋蟀吟。亲灯火。秋菊酒。点艾枝。取柏露。结丝囊。登南楼。赏白莲。

冬天里的事是：千里雪。千年冰。绀碧露。宝砚炉。却寒帘。辟寒金。辟寒香。捏凤炭。置凤木。呵牙笔。煮建茗。饮羌酒。暖寒会。送腊粥。扣冰鱼。

一年四季，尽是这样一些好玩的事。好像生活在大观园里似的，一年四季都和宝玉、黛玉、妙玉们在一起，兴致勃勃地从四时风物、月令更迭、饮馔服食、燕闲清赏中找乐子。

又翻开清嘉庆年间关涵《岭南随笔》，其中写到岭南月令，也是别有风味：

孟春之月，曰桃李花盛，农事兴。仲春之月，曰蚬见于雾，木棉、橘、柚华，农功毕作。季春之月，曰梅子熟，槟榔苞坼。孟夏之月，曰榕成荫，紫菱照水，树兰缀珠，白雨以时至。仲夏之月，曰朱荔熟，椰含浆，钩割鸣，早禾登场。季夏之月，曰白雨足，飓风乘潮，芭蕉垂，荔枝熟，新谷既升。孟秋之月，曰蝴蝶营茧，暑始酷。仲秋之月，曰木芙蓉华，占禾始获，河豚乘潮至。季秋之月，曰木樨瘴发，红薯登，白榄落，嘉鱼出于峡，大占禾始获。孟冬之月，曰八蚕功毕，潮田尽登，霜始下。仲冬之月，曰桃始华，冬笋出，畬田布种。季冬之月，曰水仙来宾，风兰贺春。

孟春、仲春、季春，孟夏、仲夏、季夏，孟秋、仲秋、季秋，孟冬、仲冬、季冬，一年四季，草木虫鱼按时令节气生长，天地间能量充盈。活着，真是一件有意思的事情呀。读着读着，人自然就欢喜起来了。

古 纸 记

　　白棉纸、黄棉纸、白麻纸、黄麻纸、磁青纸、竹纸、太史连纸、蚕茧纸、麻沙纸、罗纹纸、黄蜡笺纸、开化纸、棉连纸、毛边纸、毛太纸、洒金宣纸、玉版宣纸、冰纹梅花宣纸……

　　这些都是纸的名字。它们大多已经消逝了，成了古纸。古人都是用植物造纸的，蜀人以麻，闽人以嫩竹，北人以桑皮，海人以苔，浙人以麦茎稻杆，吴人以茧，楚人以楮。在这样的纸上写下的古诗文，渗进了天地之灵气，千百年来都还在生长似的。

　　有些纸，直至今天仍然在乡村里生产着，比如竹纸。竹纸始于晋代，葛洪《抱朴子》云："逍遥竹素，寄情玄毫。"这"竹素"就是竹纸。竹纸都是手工制作的。纸坊就在竹林旁。造纸的时候，纸坊里到处飘着竹子的清香。以竹子为原料，经过砍竹、挞竹、浸泡、碎竹、舂竹、打浆、抄纸、榨纸、松纸、晒纸、包装等十几道工序，一张绵韧匀净的竹纸就制成了。其中最重要的工序是抄纸。在《天工开物》中，宋应星用"柔轻拍浪""持帘迎浪而上""抄浆着帘的一瞬间震动纸帘"来描述这一工艺，手工劳动在平实之中蕴含的奇崛之美，溢于纸上。在广东四会的邓村，村民们至今还像《天工开物》中描述的那样用古法造纸。

岭南之地，植物葱茏，盛产上佳的造纸原材料。从化流溪河畔有茂林修竹，村民称为"纸竹"，"与他竹异，男女终岁营营，取给箠箸，绝无外务"，以之造纸，名"流溪纸"。明嘉靖年间，这里还专门开办了纸艓，上游纸艓以良口田岭背为埠，营运流溪纸至太平寺，下游纸艓由太平寺运至广州。如今古艓犹存，流溪纸已随岁月流水漂走。

东莞出蜜香纸。《广东新语》载："以蜜香木皮为之，色微褐，有点如鱼子。其细者光滑而韧，水渍不败，以衬书，可辟白鱼。南浙书壳，皆用栗色竹纸，易生粉蠹。至粤中必以蜜香纸易之，始不蠹。"蜜香树又名沉香树、白木香，用这样的木皮造出来的纸，想来该有沉香的气息。

纸终归是拿来印书的。明清时广州刻书业得到发展，至清道光年间，两广总督阮元设立学海堂课士刻书之后，广州风气大开，官刻、私刻蔚然成风，海山仙馆丛书、粤雅堂丛书等卷帙浩繁、刻印精美的书籍相继问世，闻名全国。粤省印书，专用本槽纸和南扣纸两种，又以万年红纸作护书封面，以防虫蛀。

日本民艺大师柳宗悦在《日本手工艺》中写道："手与机器的根本区别在于，手总是与心相连，而机器则是无心的。"用手工制作的纸张，自有可以触摸得到的生命的质感，那感觉就如同我们用手抚摸春天的嫩叶一般。

有一次，我一个人走在岭南山野的竹林深处，见一间纸坊里还保留着传统的水碓，几块贴着白色纸的木板斜靠在土墙上，在春阳下泛着微黄的柔和的光泽。我忽然想起清少纳言在七月的早晨，用陆奥国纸给情人写信的情景。我仿佛看见她枕畔搁着的胡枝子上，还带着夏天的露水呢。

纸 鹤

和　纸

　　王安忆讲过一个"给加藤周一先生写信"的故事。很多年了，偶尔翻到抽屉里以前写信时留下的信笺，总会想起这个故事。

　　加藤周一先生是王安忆相熟的日本老作家。因为送书给先生的缘故，她收到了先生的信。信是写在一张紫色的薄而结实的信笺上的。王安忆想找一种合适的信纸给先生写回信。但她很快为难起来。她常用的都是印有"上海作家协会"字样的信笺，可是这"看上去就像一份公函，而且显得我们没有私人生活似的"。于是，她就到商场去买信纸。她在商场里大海捞针般地找到了信纸，可是质地粗糙，纸张脆薄，因为长久没人购买，边缘破损或是染了水迹。她只好放弃。后来她又在一个昂贵的商场看到一种洁白整齐而雅致的信纸，可是仔细看却发现下角印有"东京制造"的标记。她想：难道我就找不到一张本国生产的信纸？更何况纸还是中国人发明的呢。于是她继续寻找。她在一家小文具店里看到一种鲜艳的信纸，每一页上面都印着不同的天真的花样，还配了诗句，比如，画的是月亮下的一条小船，配的诗句是"让我这艘寂寞的小船，驶进你温暖的港湾"。她觉得用这样的信纸给先生写信，简直有滑稽之嫌。好友建议她用古朴的毛边纸写回信，有返璞归真之意，可她拿起毛边纸时，才想起自己根本不会写毛笔字。后来她带着一叠空白的毛边纸信笺，在访日时当面递交给先生，并给他讲了这个写信的故事。

那年秋天，加藤周一先生来到上海，为王安忆带来了各种日本信笺，美丽的、精雅的七夕笺、因州笺、王朝继纸纹样笺……

说实在的，我真想看看这些美丽的信笺。这样的信笺，离我们已经很远很远了。

我曾经是个喜欢写信的人，喜欢笔在柔软的纸上滑动的感觉，那时候文字就像在水中浸过一般，在纸上泛着温情的光芒。这些信往往都是寄给旧人的，过去了很久的事好像就隐藏在薄薄的信笺背后。这信笺，也许就是一扇通往过去的窗户吧，信上的字，也许就是过去的一些落花吧，它们在纸上漂浮着，带着过去的暗香。

有时候想，也许纸本身就是带着温情的。据说在日本，和纸是用楮树、雁皮、黄蜀葵、糊空木等天然材料造成的，有些历史悠久的和纸公司担心现代化的机器使纸的香味消失，坚持使用特殊的水车来引出香味。用这样的纸来写信，满纸都是淡香，一不小心，你会以为自己是坐在春天的树林里呢，阳光斜斜地打在纸上，在那样的光线和气息里写下的文字，终归是温馨的。

于是，我在谷崎润一郎先生的名作《阴翳礼赞》中读到了这样的文字：

　　　一看到唐纸与和纸的肌纹，总有一种温情亲密之感，即会心情安适宁静。……西洋纸的表面虽有反光，奉纸与唐纸的表层却娇柔得似瑞雪初降，软苏苏地在吸取阳光，而且手感温软，折叠无声。这与我们的手接触绿树嫩叶一样，感到湿润与温宁，而我们一见闪闪发光的器物，心情就不大安宁了。

想想如今，我们触目所及，到处都是"闪闪发光的器物"，离温软的东西远了，心情自然就有些不安宁了。

痴迷于文字的人，是会对纸着迷的。谷崎润一郎先生因为喜欢和纸，对日本式的纸拉门竟也情有独钟。他常常伫立在纸拉门前，凝视那"几乎无甚变化"的微弱光线。透过纸拉门的微弱的光线，先生像抚摸初春的绿树嫩叶一样，在软苏苏的和纸上写下了这样的文字。这时候，也许依然是春寒料峭，在这样的清寒中，手下这温软的和纸让他觉得妥帖，觉得温宁，他的笔能够在这样的纸上传递出某种意蕴悠长的信息。他会不会在某个清晨，当温婉的阳光透过纸拉门悄悄进来时，铺开这软软的纸，给美丽的松子夫人写下一些像清茶般淡远而回甘无穷的话语？

说起和纸，就会让我想起那个清雅的王朝时代。那时候的日光是静静的，思绪像飘浮在光影中的尘埃，无处不在。那样的时光是用来写情书的。

写情书特别讲究用纸。《源氏物语》中光是描写纸的颜色，就不下十几种。比如，紫、白、赤、缥青、浅绿、红、胡桃色、桧皮色、青钝、浓青钝、浅缥、天蓝、青摺……在不同的季节、不同的心境、不同的故事后面，这些不同颜色的纸在情人们的天空中飞扬着，有时候像春天的纸鸢，有时候却像深秋飘落的枯叶。

据说，最适合写情书的是一种很薄的和纸，被称为"鸟之子纸"，易于折叠。"青鸟不传云外信，丁香空结雨中愁。"在有雨的日子里，等待一封情书像鸟儿一样飞来，那样的日子总是值得怀念的。

那时候的情侣，可不像今天的少男少女，手指一点就把那些疯话一股脑地倒进了对方的电脑里。他们把写信当作一种风雅的仪式进行。

比如，他们会仿着衣服的表里异色，使用颜色不同的纸，把信叠成不同的形状，如"樱花叠""卯花叠""红梅叠"等。"樱花叠"露在表面的是白色，写有文字的是紫色。说是紫，其实也只是浅紫，透过白色一看，似觉有樱花的感觉。"卯花叠"是外表白，内里绿。"红梅叠"是表面呈苏枋（赤紫）色，内里呈缥（浅蓝）色。这样美丽的信笺还要和时令节气相吻。"樱花叠"用于花季，"卯花叠"用于梅雨季节，

"红梅叠"则用在旧历新年到二月梅花盛开的日子。

写在这样的纸上的信，或是卷裹，或是包裹，都要再添加草木的枝条，派信使送到对方的手中。草木的枝条也都是选的鲜花。"红梅叠书"的信笺配的是红梅花枝，"樱花叠书"配的是樱花枝。在他们的眼里，花色和纸色统一起来才更有趣味，浅紫的信笺要用藤花花苞，紫色的信笺则使用盛开的藤花。有时还按照信中写的和歌的意思选择花枝。

能在这样的纸上写信的女子，会是怎样的呢？收到这样的带着四季气息的信的人，心里会有什么感觉呢？这种种微妙的秘密，似乎都藏在了清少纳言的《枕草子》一书中了。在那些零碎的片断里，清少纳言一次又一次地描述着一些与写信有关的细节。

她写怀恋过去的事是：在很有意思的季节寄来的人的信札，下雨觉得无聊的时候，找出了来看。

她写月亮很好的晚上收到的来信：在月光非常明亮的晚上，极其鲜明的红色的纸上面，只写道"并无别事"，叫使者送来，放在廊下，映着月光看时，实在觉得很有趣味的。

她写某个七月的早晨：刚和情人分别的女人在早晨的雾气中睡着了，枕边还散放着一些陆奥国纸，也许是准备拿来做和歌的吧。这时候，她的情人却已经寄信来了，信外附着带露的胡枝子，信上面熏着很浓厚的香。

她还写：额发留长、姿容端丽的人，在薄暗的时候，接到了来信，似乎连点灯的时间也都等不及，夹起火盆里的炭火来，很勉强地一个个字读去，也是很有意思的。

总听见清少纳言轻轻地说：这是很有意思的事。这些充满美感的细节在她的心里，也许就像那春天的樱花，转瞬就会凋零逝去。像清少纳言那般冰雪聪明的女子，她对生命无常的感悟，也许比别人都体味得深刻吧。所以，她在散在她枕边的这些温软的纸上，记下了这些美的碎片。读着这样的文字，仿佛是在日光低垂的下午，透过纸拉门，闻到春天那令人绝望的香气。

清少纳言还说："世间的事尽是叫人生气，老是忧郁着，觉得没有生活下去的意思，心想不如索性隐到哪里去倒好。那时如能有普通的纸，极其白净的，好的笔，白色的纸，或是陆奥的杬纸，就觉得在这样的世间也还可以住得下去。"

纸　鹤

在决定和他绝交的那天，她去还最初借他的那本书。那是一本关于纸的书。

她清清楚楚地记得借书的那个夏天的早晨。天刚下过雨，天地清新，像初恋。那时候她还年轻，上楼的时候，她觉得生命还是粉嫩的，是早上的花苞。

她带回了这本泛黄的关于纸的书。

那时候，她想写一些和纸有关的故事。夏天的午后，她坐在窗前，有一搭没一搭地翻着这本借来的关于纸的书。书页用的是绵软的、米白的纸，上面隐隐有植物纤维。她一边看书，一边把这些细长的纤维一丝丝扯出来。

她对造纸的过程有着异乎寻常的兴趣。他们见面的时候，她跟他描述造纸的种种细节，怎样从山林里寻找造纸的植物，再在大水池里搅动纸浆，纸浆慢慢凝结成雪白的宣纸，女子在春阳下轻手轻脚地晒纸……他耐心地听她絮絮叨叨。

她爱的男人，是手抄纸一样的男人，说不出的干净、妥帖。两个人在一起，感受天地的灵气，被植物的芬芳洇染，淡淡的、静静的，隐隐听见纸帘震动的声音。一张雪白的纸造出来了，上面可以书写很美的文字。比如，春浓露重，地暖荒生。山深日长，人静透香。她想把一段情爱写得与天地同在。

关于纸的书最终还是还回去了。因为印书的纸太好了，她曾经在书的空白处用毛笔抄下过一个日本民话：

有人待一只鹤好，鹤为报恩，化为女子给他做妻子。她织绢一匹献给丈夫，为要取悦于他。她的丈夫持示邻人，见者皆赞，就有人怂恿她的丈夫要她再织一匹献给伊势的天照大神。她也织了。她关照过不可窥看她的织室，他却去窥看了，只见是一只鹤在拔下身上的羽毛，一根一根的织进绢里。而他还不悟这是他的妻。他只知妻因织绢身体在瘦弱下去了。而他听他人的怂恿，要她又多织一匹，可以卖了得钱去游京都。妻乃悲哀，说绢只织二匹，一匹你要放在身边，不时看看，不可卖钱，另一匹献于神。你还要我再多织一匹，我是不能再在这里了。说毕她作鹤唳一声，还形为鹤飞去。

她看见一只鹤，从纸书里飞走了。

知堂说岭南

素来喜读周作人小品。早春时节，在雨天的书房里，听着窗外滴滴答答的雨声，随意翻翻《雨天的书》，倒有一点借雨浇愁的味道。

1923 年 11 月 5 日，周作人在《雨天的书·自序一》写道：

> 在江村小屋里，靠玻璃窗，烘着白炭火钵，喝清茶，同友人谈闲话，那是颇愉快的事。不过这些空想当然没有实现的愿望，再看天色，也就愈觉得阴沉。想要做点正经的工作，心思散漫，好像是出了气的烧酒，一点味道都没有，只好随便写一两行，并无别的意思，聊以对付这雨天的气闷光阴罢了。

他又于 1928 年 11 月写下《闭户读书论》："苟全性命于乱世是第一要紧，所以最好是从头就不烦闷……其次是有了烦闷去用方法消遣。"对于一般"寒士"来说，去烦闷最好的方法莫过于闭户读书了："宜趁现在不甚适宜于说话做事的时候，关起门来努力读书，翻开故纸，与活人对照，死书就变成活书，可以得道，可以养生，岂不懿欤？"

他在《苦茶随笔》的"小引"中提到，"美容姿，好歌舞，风情颇张，不能自遏"的诗人杜牧，也曾写下"忍过事堪喜"的诗句。文中有这样一段别有意味的话：

> 这句诗我却以为是好的，也觉得很喜欢，去年还在日本片濑地方花了二十钱烧了一只小花瓶，用蓝笔题字曰："忍过事堪喜。甲戌八月十日于江之岛，书杜牧之句制此。知堂。"瓶底画一长方印，文曰："苦茶庵自用品。"这个花瓶现在就搁在书房的南窗下。

一个蛰居在飘摇时世中的文人，用"忍过事堪喜"这样的诗句聊解郁闷。苦茶庵的案头，有小而质朴的花瓶，冒着热气的苦茶，在北平渐冷的冬天里，三两个友人就着炭盆烤火说闲话。同在古城，知堂常用清秀小楷给老友俞平伯写信：

> 寄寓燕山，大有釜底游魂之慨，但天下何处非釜乎，即镇江亦不易居也。

这是上世纪三十年代的北平，风声日紧。周作人终日苦雨、苦茶、苦竹，终至沦落。唯一的一点依托，是他一辈子都住在八道湾的旧宅里，那间书房还在，满屋的旧书陪着他度过余生。这杯苦茶的背后，有多少难言之隐、言外之意呢？且去慢慢品咂。

周作人的中国文化修养之高，为同时代人中翘楚。这"高"，主要在于见识高，境界高。知堂随笔多是书话，无非是今天又找了一本什么好书在读，忍不住抄下来，边抄边想到了什么。简单平常的话语背后暗藏着极不简单平常的学识才情，可以"学富五车，才高八斗"称之。他绝不是书房里专啃古书的老书虫，他的视野极广，对日本文化和希腊文化探究尤深，以为中国文化若能取二者之长，当更强健而生机蓬勃。所以他的书话中不乏对这两国文化的推介。他喜欢日本散文家永井荷风的《日和下驮》。永井荷风常常穿着被称为"日和下驮"的木屐在东京城里漫步，追寻愈行愈远的江户文化。在八道湾的晚年岁月里，周作人基本以翻译为生，译的都是希腊、日本文学作品，借此在中华文化的土壤里播点"舶来的异种"，可谓用心良苦。

周作人读书有一偏嗜，尤爱乡邦文献、风物小品、自然笔记，举凡写天地万物、风土人情的文字，不管中外，他都广搜博览。他喜欢这些文字里的"泥气息、土滋味"。比如，他很推重日本民俗学泰斗柳田国男，柳田氏从不称自己的研究为"民俗学"而始终称为"乡土研究"，他很担心"古昔的传统的诗趣在今日都市生活里忽而断绝，下一代的国民就接受不着了事"，所以拼命著书，以保留文化根脉。

周作人在《苦竹杂记》中，多次写到闽粤风土，从谢肇淛的《五杂俎》、周亮工的《闽小记》到《南方草木状》《岭表录异》《北户录》，不一而足。山陬海隅的闽粤风土，另有一种迥异于内陆中原的豪迈之气，或许让日渐消沉的他感受到了某种鲜活、开阔的气象吧。

他在文中盛赞屈大均的《广东新语》，称"《新语》的文章不像《景物略》或《梦忆》那样波峭，但清疏之中自有幽致。全书中佳文甚多，不胜誊录"，"这是一部很好的书，内容很丰富，文章也写得极好，随便取一则读了都有趣味，后来讲广东事情的更忍不住要抄他。其分类为天地山水石等二十八语，奇而实在，中有坟语香语，命名尤可喜"。他说屈大均"在明遗民中似乎是很特别的一个，其才情似钱吴，其行径似顾黄，或者还要倔强些"。

周作人可谓解人。钱吴顾黄皆是江浙一带文人，自带江浙灵山秀水气韵。岭南自古为南蛮之地，远离中土，僻处五岭之外，既为山地，又是海国，历史上为移民之乡和仕宦流放之地。羁人谪宦与孤臣遗老将中原文化施之于山陬海滨之野民，遂成一种特立独行的遗民文化。屈大均是岭南遗民中的大才子，民国时期的广东学者黄尊生对屈大均也有类似于周作人的评价：

> 屈翁山为岭南最伟大之诗人，曾一度剃发为僧，国亡后，行径更为奇特，忽儒忽释，往来荆楚吴赵燕齐秦晋之乡，遗墟废垒，揽涕而过。性固任侠，故其诗汪洋浩瀚，格调远在清初诸家之上。岭南之有屈翁山，犹吴越之有顾亭林、黄梨洲，不过翁山为诗人，而顾黄则为学暗修独行，其作风大约与王船山、孙夏

峰、李二曲、傅青主诸人，较为相近。

周作人对岭南风土的关注，对屈大均的称许，其实和他的思想变化有关。从上世纪二十年代开始，他逐渐从五四斗士蜕变为苦茶庵里的隐士。这隐士，隐于书斋，也隐于乡风土俗之中。他在《风土志》一文中说："假如另外有人，对于中国人的过去与将来颇为关心，便想请他把史学的兴趣放到低的厂的方面来，从读杂书的时候起离开了廊庙朝廷，多注意田野坊巷的事，渐与田夫野老相接触，从事于国民生活之史的研究，虽是寂寞的学问，却于中国有重大的意义。"

这种对于风土的喜好，也与周作人的文艺观有关。《苦竹杂记·后记》中有言："不问古今中外，我只喜欢兼具健全的物理与深厚的人情之思想，混合散文的朴实与骈文的华美之文章。"他在《秉烛谈·谈笔记》中提及他理想中的笔记是这样的："思想宽大，见识明达，趣味渊雅，懂得人情物理，对于人生与自然能巨细都谈，虫鱼之微小，谣俗之琐屑，与生死大事同样的看待。"

乡风土俗，朴素而真实。对于写下"流水斜阳太有情"诗句的周作人来说，草木虫鱼，山风海浪，皆是世间有情物。

他喜欢岭南风土是再自然不过的事情。而屈大均身上，除了学问才情，还有岭南风土赋予他的朴野雄强。这一点，或许也让周作人有几分羡慕吧?

罗浮山密码

这得先从东坡先生贬谪岭南说起。

东坡先生是在宋哲宗绍圣元年（1094）九月越过大庾岭入粤的，他在岭南的山海之间辗转生活了七年。他是在被一贬再贬、几乎要被政治对手置于死地的情况下来到岭南的。初到岭南，他看到"瘴疫横流，僵仆者不可胜计"，心中很是有些畏惧。他的生活困窘。他在给侄婿王庠的信中写道："南迁以来，便自处置生事，萧然无一物，大略似行脚僧也。"后来，他离开惠州到海南儋州，处境更加恶劣。他在给朋友的信这样描述他的窘境："此间食无肉，病无药，居无室，出无友，冬无炭，夏无寒泉，然亦未易悉数，大率皆无耳。"

但东坡先生非凡夫俗子，他在这样四顾萧然的境况下，

"杜门屏居，寝饭之外，更无一事，胸中廓然，实无荆棘"。而且，他很快就在岭南的民间生活里找到了新的乐子。他去田间地头，听春梦婆婆唱歌，品村民新酿的美酒，或安坐书斋，倚声敲句，品茗写经。眼前是风景四时新的西湖，朝看云起，暮观落日，花自开来水自流，远离庙堂的贬谪生活，其实另有真意。

远处的罗浮山巅常年云遮雾绕，罗山与浮山时合时离，看起来那么神秘。有一天，东坡先生戴上斗笠，穿好芒鞋。走，去罗浮山！

"罗浮山下四时春，卢橘杨梅次第新。"罗浮山就这样在东坡先生的妙笔之下渐渐地在中国的文化版图上显影了。

罗浮山是岭南神山，东坡先生当年在这座山上找到了哪些秘密的珍藏？我在某一瞬间，很想跟着东坡先生走回去，穿行在罗浮山的密林溪涧之中，走一走歇一歇，听他慢慢细说这岭外奇山里的种种有意思的事。

说罗浮山是神山，是有缘由的。据说太古时，浮山自东海浮来，与罗山相合，故名罗浮。罗浮之奇，奇就奇在雨时二山相合，晴时两山相离。每当雨霁，罗浮山巅白云汹涌而出，如汪洋大海，漫延数十百里，数座山峰浮于大海之上，浩荡无际。

大庾山实乃岭南脊梁，依岭南地势延迤，分为两支。其一南行，自南雄至广州，其一西下惠州至罗浮。山水相依，岭南河流依山而行，至罗山、浮山相接之处，酿成仙液。自古以来，水出罗浮者，皆如琼浆玉液，清冽甘美。

东坡先生每到贬谪之地，总能很快安然洒脱，其中是有秘诀的。这秘诀说起来也很简单，就是"天人合一"。山川大地、草木生灵，一直都按四季节序，自自然然地呈现它们原初的力量。这力量生生不息，源源不绝，就看你是否福至心灵，随时感应。东坡先生仕途坎坷，历尽艰险，但天地有灵，把他的身心滋养得灵动快活。东坡先生于是不断挥洒笔墨，这些宏阔洒脱、幽默俏皮的诗文，是他对天地滋养的回馈。这些绝妙诗文，千百年来又滋养了中国人的心灵。

东坡先生从惠州来到了罗浮山下。他听到了在山涧之中泠泠作响的泉水声。他想跟山民学习酿酒。

岭南山间多灵泉甘液，加之地气雄盛，草木花果四季鲜美芬芳，山民就地取材，每每酿出琼浆玉液。宋代酒皆官酿，民间实施酒禁，偏偏岭南远离中原，以祛除瘴气作为理由，户户酿酒，素称"万户酒"。岭南有酒泉，一在阳江之南，酿出的酒称"阳江香"，一在龙川"醴泉"，酿出的酒清异甘香，最奇的是，泉孔滴出的水是含酒味的。有酒峡，在东莞龙潭峡，酒曰"龙潭清"。有酒山，在香山境内，山民取酒山白泥为饼，配草药酿酒。岭南山民多以草木花果酿酒。有酒树，在海南琼州，当地人称"严树"，捣皮叶浸水，和以石榴叶和香粳米，数日即可酿成"严树酒"。有酒草，其形如艾。有酒藤，其叶辛香。一年四季，山里花木繁茂，村民皆飞花摘叶酿出美酒。荔枝酒是村民带着酿具，在荔枝树下用新鲜摘下的荔枝一夜煴成的。秋天的时候，倒捻子熟了，满山红遍，果子外紫内赤，内蕴红浆，是酿酒的上好材料。村民用龙眼酿出龙眼酒，用荔枝酿出烧春酒，用蒲桃酿出冬白酒，用仙茅酿出春红酒，用桂花酿出月月黄，皆是上品好酒。岭南素产香料，村民用沉香、八角、黄芪、熟地等香料药材，酿出"七香酒"。"龙江烧"是岭南习见的米酒，一缸缸摆在村头，村民从山头地里采来应时百花，投入酒缸里，再加沉香四两，以发群芳之气，封缸两月，开缸之时，"百花酒"花香四溢。中原酿花酒，限于地寒花贵，都是以干花花末浸酒，称为"百末酒"。岭南天高地阔，百花开得繁盛恣意，山民酿酒，都是现摘百花入缸，花之鲜美与酒之甘醇相融，百花酒岂不醉人！

东坡先生到岭南不久，就恢复了他畅游山水的"积习"。岭南风土与中原、江南迥异，背山面海，山水相依，草木繁茂。他感知天地灵气，随口吟诗："岭南万户皆春色。"歇脚之时，有村民呈上"雪酿酒"，他一饮而尽，大赞："雪花浮动万家春。"他走到了罗浮山下。这里有"罗浮春"在等待他。这是山民用罗浮山里的清泉酿成的美酒。东坡先生喝过，念念不忘，后来还送给他的道士朋友邓守安，以诗寄意："一杯罗浮春，远饷采薇客。"

罗浮山里，每到秋天，满山桂花飘香，远看如黄云奔涌。东坡先生跟山民学习酿制"桂酒"。这桂酒，色如黄玉，香味超然，东坡先生视之"非人间物"。他向山民讨得酿制秘方，把它刻在罗浮山铁桥之下，以益后人。

水，对文人有致命的吸引力。东坡先生被贬到岭南，从政治生涯来说是苦难，从文化历程来说，很难说不是一种反向的福祉。如果他像古往今来无数在官场上扑腾、挣扎的各级官员一样，对朝廷俯首帖耳，在京城里战战兢兢地守住官位，他的名字也许早已淹没在历史的长河里了。东坡先生后来有此真言："问汝平生功业，黄州惠州儋州。"在不同的价值评价体系里，悲欢苦乐的体味完全不同。东坡先生来到岭南最具灵性的罗浮山下，他生命的另一扇门倏然开启。他潇洒前行，看见的是群山苍翠，竹林清幽，听到了鸟啼虫鸣，溪流潺潺，他一步步向前走去。前面有许多未知的惊喜在等待他。

他走到了香溪。自古来游罗浮者，都从东莞、增城、博罗各条陆路进入。罗浮山的断峡深林里，有一条溪流穿过，因其掩于密林之中，少有人知。

这是一条神奇的溪水。岭南自古乃炎阳之地，最宜草木百花生长，深山密林里，往往藏着奇花异木，在空山无人的静寂中，它们自在地生长，把生命的欢乐散发开来，酿成奇香。岭南自古为香国，长在深山里的香草香木颇多，很多未知名的草木，香气酷烈。故广南之地素不贵沉檀，以山野之香为重。"香溪"之名何来？恰恰与罗浮山所产奇香有关。罗浮山生长一种白木，香气清冽出尘，称"白木香"，也有人曾在密林里发现白檀，树围三丈，浓荫密布，辛香酷烈，弥漫数百米开外。秋冬季节，林中多见枯柯折干，外皮虽朽，木心犹香。罗浮山民生长香国之中，采香之术无师自通。他们在山里采石制成水碓，又砍粗木横隔巨石激流之上，以巨轮转动水车，采山林里的各种香木，诸如樟、枫、桂、鸡藤、水松等等，舂成香屑，制成香条、香饼，再用竹船装载，顺流而下，销往广州、惠州等地。这条清澈的溪水，因香农驾筏来来往往，满溪异香，称为"香溪"。

东坡先生从惠州来到罗浮山，他沿着溪水向山林深处走去，一路惠风和畅，异香扑鼻。他的心很安宁，一个在政治场域中被折磨得遍体鳞伤的大文人，只有回到天地之间，才能慢慢地疗伤，用清风明月，用不知名的野草老树，用天上如波涛翻滚的云彩，还有许多许多。这都是大自然恩赐的良药和宝物，只看你的身心有没有接收的密码。密码一旦打开，另一个世界的大门也打开了。"清风明月无人管，并作南来一味凉"，东坡先生的好友黄庭坚以这样一句诗表达了他们之间的深度默契。

东坡先生是个秉性难改的乐天派，他自言"吾上可陪玉皇大帝，下可以陪卑田院乞儿，眼前见天下无一不好人"。他坦然、洒脱地走在山林之中，兴致勃勃地了解、熟悉当地的土风民俗。他时常见到香农站在水车上制香，驾着竹筏运香出山。他不会制香，但他会做白面。他站在溪水之中，转动水车，借溪水的力量舂出上好的白面，赋诗云："霏霏落雪看收面，隐隐叠鼓闻舂糠。"他用罗浮溪水舂出的白面加以米、水，酿成"真一酒"，其色如玉，有自然香味。他很耐心地记下他的酿酒方法，传给友人：

> 吾始取面而起肥之，和之以姜汁，蒸之使十裂，绳穿而风戾之，愈久而益悍，此曲之精者也。……始酿以四两之饼，而每投以三两之曲，皆泽以少水……酒之始萌也，甚烈而微苦，盖三投而后平也。凡饼烈而曲和，投者必屡尝而增损之，以舌为权衡也。……酿久者酒醇而丰，速者反是，故吾酒三十日而成也。

东坡先生素谙黄老之学，他来到罗浮山下，总会想起陈抟老祖的妙句："携取琴书归旧隐，野花啼鸟一般春。"陈抟老祖没有来过罗浮山，但东坡先生在一个平常的春天来到了这里。一切都如陈抟老祖先知般的预言一样，他看到了春天来临的时候，天地万物的欢欣和赞叹。满山异香从四方八面涌来，没有名字的奇木古树，在深林里静默生长了几百年，傍着清澈潺湲的溪流，姹紫嫣红的野花一簇簇地从岩石缝隙里钻出来，迎风飘摇。这是一个远离庙堂的更广阔和宁馨的世界，这里藏着无数生命的秘密。东坡先生积在心底的伤痛，在深林里一点点释放出来。他天性中的快乐，自自然然地就在这柔和深沉的自然间漾开了。

他的耳朵变得灵敏起来。他听到了鸟的欢鸣。据说，罗浮山常有凤凰飞过，羽毛拂过山林时，发出震动山谷的巨响，五彩的光芒如闪电穿遍山野。这奇异的景象，东坡先生无缘得见，但他看到过很多被山民称为"小凤"的奇鸟。

罗浮山上有桐花凤，住在梧桐树上，饮露水为食，桐花开时翩翩飞舞，桐花落了则藏身山林不复出。

有绿毛幺凤。似鹦鹉而小，绿衣黄里，色甚娇丽，常倒悬架上，屈体如环，转旋不已，又称"倒挂子"。屈大均曾在《广东新语·禽语》里以奇幻的笔调描述这种神奇的小鸟：

> 倒挂鸟喜香烟，食之复吐，或收香翅内，时一放之，氤氲满室。顶有黄茸，舞则茸开，亦名曰"开花"，花开顶上，香放翅中，辄自旋转，首足如环以自娱，入夜必倒垂笼顶，两两相并，亦间能言。……性极娇柔难畜，饭以香稻，饮以荔枝之浆，毋见尘埃风日，爱之至必养之洁，与秦吉了皆鹦鹉之族也。

这精灵一般的绿毛幺凤常年藏在罗浮山里，餐风饮露，如同仙灵。罗浮山下有梅花村，正对着麻姑、玉女二峰，满村翠竹梅树，一溪幽折潺湲，每到冬天，水面漂满落梅。梅花的幽香把这翠绿的小精灵招引过来，村民常常见到它倒挂在梅花枝上，唧啾欢唱。

1094年，东坡先生带着朝云谪居惠州。寓居惠州的第三年，这温婉灵慧的江南女子就因病亡故了，葬在惠州西湖边的孤山之上。东坡先生悲不能已。他在某个月明之夜看到梅枝上倒挂的绿毛幺凤，写下了这首《西江月》：

> 玉骨那愁瘴雾，冰肌自有仙风。海仙时遣探芳丛，倒挂绿毛幺凤。　　素面常嫌粉涴，洗妆不褪唇红。高情已逐晓云空，不与梨花同梦。

高情已逐晓云空。绿毛幺凤的娇啼，把沉醉在记忆里的东坡先生唤醒了。梅花虽美，终要随流水远去。

罗浮山有五色雀。五色雀比鹦鹉小，羽毛五色斑斓，尤喜群集，且能预报阴晴，实为灵禽。罗浮山巅常见千百只五色雀群集飞过，不杂他鸟，蔚为奇观。据传博罗城隍庙前有浓荫古树，春天时节，有数千百五色雀飞临古树，不巢不雏，只是欢闹嬉戏，不久即飞走，一年之中不复归来。每到春来，五色雀又欢叫着回到古树之上，赶赴一年一度的盛会。

草木花鸟皆是上天派来的精灵，此言不虚。东坡先生是世间罕见的奇人，自然会与天地相通，接万物灵气。他在罗浮山下与雀鸟相遇，它们在树林里翩翩起舞，唱着它们自编的歌儿欢迎这位在人间受尽苦难的勇士。它们知道，东坡先生听得懂它们的声音。后来，东坡先生被再次贬往更加偏僻困苦的儋州，甫一抵达，庭前有数只五色雀跳跃欢歌，仿佛在欢迎他的到来。东坡先生叹道："五色雀近乎智，当为我再集。"它们真的是上天派来的使者吗？

罗浮山自古产药，有"药市"，在冲虚观旁。奇药长在深山密林之中，要有导游引路。这导游也是一种可爱的小鸟，名"红翠"，是一种捣药禽，常常在树干上用它的尖嘴啄木，发出玎珰的声响，如同铁器相击。村民见到红翠啄木，便知此处必有灵药，所以尊称红翠为"药师"。日出之时，红翠必引颈长鸣，翠鸟娇啼，响彻山谷，引来百鸟齐鸣。青鸾、碧鸡、山喜鹊、红裙、白练，各色珍禽，皆在山林深处遥相应和，如同一阕自然的交响乐。东坡先生，您听到了吗？

与百鸟应和的还有蝉鸣。罗浮山深幽曲折，山林里人烟稀少，草木虫鱼不被惊扰，自在生长，所以自古以来奇花异草珍禽生生不息，山林之中奇景奇境层出不穷。罗浮山东峰之下有一个巨大的石洞，洞里长满枫树，树上有蝉数百种，数里间鸣则齐鸣，止则奇止，无一参差断续者，诚为罗浮奇观也。蝉鸣之时，异鸟相和，真是山鸣谷应，众生同乐。

除了鸟和蝉鸣，罗浮山还有一样生灵，让东坡先生念念不忘，那就是在山林里到处翻飞的大蝴蝶。罗浮山的大蝴蝶与他处有异，因其五色绚丽、金粉流光，实非世间凡种，乃天外精灵。东坡先生在山里行走，总是看到这自然的尤物相伴左右，或者憩息在花树之上，见人也懒得动弹，似乎在凝神静观。罗浮山的大蝴蝶奇美，翅如团扇，五彩斑斓，翩翩起舞时溢彩流光。它们以花为粮，罗浮山里百花盛开，它们从不缺乏花露的滋养，自然生就如花美色。

罗浮山民见山中翻飞的五彩精灵，无一不称"小凤凰"。红翠、碧鸡、五色雀、绿毛幺凤，加上这五彩大蝴蝶，皆是罗浮小凤凰。山民喜欢用蝴蝶茧赠送远客。罗浮山有四百山峰，山民杂居峰峦之上，每年冬天，山民背竹筐在山间采来蝴蝶茧，白茧沁紫，山民用乌桕树叶包裹好，盈筐累篓地背下山来。远客带回白茧，第二年春天，置于梧桐、柳树之上，数日之内，茧破蝶出，大可六七寸许，且雌雄不离，两两相逐，仿如仙侣。广州春天有大蝴蝶会，好事之徒用丝竹笼藏新出茧的大蝴蝶，以罗浮山上采来的百花喂养，再携往浮丘，以蝴蝶大小决胜负。

罗浮山是鸾凤栖身的神山。鸾凤除了喜欢栖息在梧桐树上，也喜藏身竹林。罗浮山产大竹，有一种龙公竹，直径七尺，节长丈二，竹叶若芭蕉叶大。罗浮山瑶池一带，前后二十余里，竹林密布，行人穿行其中，枝叶交错，行路要两手分批而过，如同探险。

罗浮山蝴蝶硕大奇美，皆因罗浮山百花繁茂，足以供养成千上万的蝴蝶。罗浮山上山洞很多，内藏奇花，站在洞口，异香扑鼻，如入仙境。就算是常见的花卉，在罗浮山上也呈现另一番姿态。比如杜鹃花，常见的多是嫣红，罗浮杜鹃，却以蓝紫色、黄色居多，自成异品。夜合花，开于拂晓，合于暗夜，故称"夜合"。夜合四时有花，炎夏尤盛。而含笑花，多是拂晓半开半合，又称"朝合"。这朝合花、夜合花都是白色，在半明半暗的山林微光里，朝开夜合或朝合夜开，大团大团的白色花瓣附在遍地暗绿之上，另有一种迷人的风致。罗浮夜合、含笑，花开时花朵大至合抱，香气漾满山谷。

罗浮山有夜兰。夜色中的山林，草木是最兴致勃勃的精灵，总在月色笼罩下上演热烈而神秘的喜剧，它们没有言语、歌声，唯有以异香传情。当你在山林里遭遇这草木编排的剧情时，你很容易被这馨香诱引得意乱神迷，进入一个与尘世无关的隐秘世界之中。我不知道东坡先生是否夜游过罗浮，他曾经夜游赤壁，写下千古名篇。如果他在某一个暮春之夜，沿香溪驾筏而上，自然会有另一番奇遇。这里是岭南炎阳之地，草木万物在这里的山川大地上似乎活得格外恣意、格外舒展，这里没有金戈铁马、运筹帷幄，山林悠然，万物惬意。他见过罗浮山的夜兰吗？如果你想找寻它，它会隐身不见，只用奇香引路，让你跟随它走进自然的幽深处。它会在暗夜里散发翠绿的微光。夜兰是兰之隐者，它只迎接世间远道而来的君子，当然，它向来与山民熟谙，因山民也如山间草木般自在，与山川大地的气场天生默契。

如果东坡先生夜游罗浮，夜兰会以幽绝、神秘的奇香迎接他。这是罗浮山的密码。

覆盆子与韭菜花

有一种植物，东坡先生素来喜欢，那就是覆盆子。在黄州时，他写信给好友章质夫，信不长，但极有风致。录如下：

某启：承喻慎静，以处忧患。非心爱我之深，何以及此？谨置之座右也。《柳花》词妙绝，使来者何以措词。本不敢继作，又思公正柳花飞时出巡按，坐想四子，闭门愁断，故写其意，次韵一首寄去，亦告不以示人也。《七夕》词亦录呈。药方付徐令去，惟细辨。覆盆子若不真，即无效。前者路傍摘者，此土人谓之插秧莓，三四月花，五六月熟，其子酸甜可食，当阴干其子用之。今市人卖者，乃是花鸦莓，九月熟，与《本草》所说不同，不可妄用。想篦子已寄君猷矣。

这"三四月花，五六月熟"的小果子，在南方的山野里，是很常见的植物。鲁迅在《从百草园到三味书屋》里也写到它，说它"像小珊瑚珠攒成的小球，又酸又甜，色味都比桑椹要好得远"。我老记得小时候在湘西的山野间，太阳把岩石晒得很烫了，满山的草木都被烘出野香，山路两旁的野草棘藜丛里，到处可以看到这些红艳艳的覆盆子，采一颗丢进嘴里，甜中带酸，好吃极了。夏天在湘西的山间采覆盆子，被太阳晒得满脸通红，却着了迷似的，乐此不疲。捧着一小袋红珍珠一样的覆盆子回家，用清水盛在白瓷盆里，心里美极了。

因了这种种过去的记忆，读东坡先生的这封信札时，就觉得亲切，有味道。东坡先生在中国文人里，是最会生活，最有人情味的。他酿酒，做菜，啜茶，闲聊，在不同的季节采摘不同的植物送给朋友。他是有很多朋友的，他对朋友很好。他的好文章，都是和他的生活细节联系在一起的。他的那些书札，其实就是一些生活实录，只是这实录里，渗进了一些别样的情味，像清茶，像淡酒，让人忘不了。比如他的《覆盆子帖》，也是写给朋友的信札：

覆盆子甚烦采寄，感怍之至。令子一相访，值出未见，当令人呼见之也。季常先生一书，并信物一小角，请送达。轼白。

朋友也是风雅的人，初夏时节采来鲜甜的覆盆子，送给东坡先生。收到礼物的东坡先生就坐在书案前，挥毫写下这封短札。字写得萧散有致，像写字的人一样，不拘形迹，散淡潇洒。

有一天在友人的书房里，看到墙上挂的马一浮先生所临的《覆盆子帖》，也是那么清雅有致，忍不住盯着看了好久，心里无端地感动。想起那句很熟悉的话："这真是一个圣境。"这是沈从文先生说的，他好多年前在湘西的水边，叹息着说了这句话。

好的艺术作品，都是与天地万物相通的，都有草木的气息，家常的情味。这样的艺术家，永远让人忘不了。

不由又想到五代时期的杨凝式和他的《韭花帖》。这被称为"天下第五行书"的名帖也是一封信札，是很耐读的小品：

昼寝乍兴，朝饥正甚，忽蒙简翰，猥赐盘飧。当一叶报秋之初，乃韭花逞味之始。助其肥羜，实谓珍羞。充腹之余，铭肌载切，谨修状陈谢，伏惟鉴察，谨状。

七月十一日状。

杨凝式午睡醒来，窗外秋光正好。朋友送来韭花一盘，清香诱人。于是杨凝式铺纸磨墨，写信答谢友人。他心情闲散，下笔不疾不徐，胜似闲庭信步，欲走欲留，且行且止，一派简淡洒脱的魏晋风神。这"心闲气静时一挥"的作品，带着新春的韭菜花的香味，还有平常日子的新鲜与真切，让人爱不释手，成了旷世墨宝。黄山谷曾喻之为"散僧入圣"，写诗赞叹："世人尽学兰亭面，欲换凡骨无金丹。谁知洛阳杨风子，下笔便到乌丝阑。"

杨凝式是个怎样的书法家呢？《旧五代史·本传》载：

凝式虽仕历五代，以心疾闲居，故时人目以风子，其笔迹道放，宗师欧阳询与颜真卿，而加以纵逸。既久居洛，多遨游佛道祠，遇山水胜迹，流连赏咏，有垣墙圭缺处，顾视引笔，且吟且书，若与神会。

生活在人命危浅、朝不保夕的时代里，杨凝式自号"杨风子"，佯狂以智自脱，成为梁、唐、晋、汉、周五朝元老，官至太子太保。他平素喜游寺庙，爱以粉墙素壁作纸，挥毫泼墨。此等奔放奇逸之举，只有深谙书中三昧的"杨风子"才能为之。不光字好，诗也绝佳。比如《题华严院》的名句："院似禅心静，花如觉性圆。"

杨凝式是由唐代的颜柳欧褚到宋四家苏黄米蔡之间的一个过渡人物，对苏黄二人影响尤大。苏东坡叹曰："自颜、柳氏没，笔法衰绝，加以唐末丧乱，人物凋落磨灭，五代文采风流，扫地尽矣。独杨公凝式笔迹雄杰，有二王、颜、柳之余，此真可谓书之豪杰，不为时世所汩没者。"实乃知音言说。

再说说杨凝式喜欢的韭菜花。在乡间，现在还有舂韭菜花的习俗。把晾干水分的韭菜花装入一个干净篮子里，用一个小碗装一些食盐，一个小碗装一点明矾（据说，放明矾捣出的韭菜花能保持翠绿，不会变黑），再备些去核的红色小沙果，生姜洗净切片。把韭菜花倒进石臼里舂，加盐、生姜、沙果，直到捣成绿绿的碎末，才可出"臼"。把舂好的韭菜花装进粗瓷陶罐里，装实，淋上一层上等的香油，密封，盖好，压紧。揭盖舀出韭菜花，清香扑鼻，令人流口水。难怪杨凝式要留下一纸名帖，让韭菜花这一家常小菜"风流千古"。

夏天的时候，覆盆子仍在山间静静生长，村妇们在石臼里一下一下地舂韭菜花。日子平淡如流水。有时候，坐在书窗之下，看一下《覆盆子帖》《韭花帖》，想想苏东坡吃覆盆子、杨凝式品韭菜花的情景，会忍不住轻叹一声：活着，是件多么好的事情呀。

天地无尽藏

我喜欢杨万里。他有点倔，有点野，有时候粗衣乱服地在儒林里乱转，不怎么注意仪态。可是，我常常想去他的钓雪舟里坐坐，喝几杯粗茶，聊几句闲天。

我是在湘西的大山里长大的。读杨万里那些带着山风野香的诗文，总觉得很亲切，似曾相识。那些词句，好像开在澧水边的野花，又像山里长了百年的老树。有时候我还猜想，沈从文当年在沅江上一路奔往凤凰，在雪后的船舱里给张兆和写情书，他的行囊里是不是放着一本杨万里诗选呢？

我也想躲进雪后的船舱里，有一搭没一搭地读杨万里。

青山自负无尘色，尽日殷勤照碧溪

杨万里的诗句，似乎写的就是我儿时的湘西水边记忆。

一早过百家渡，他写："莫问早行奇绝处，四方八面野香来。"春天的早上，渡口寂寂，只有野香偷袭。

玉山道上，他写："青山自负无尘色，尽日殷勤照碧溪。"山川无尘色，碧溪旁的人可曾洗净尘心？

正月拂晓，大雾中过大皋渡。他走出船舱，妙句天成："渡船满板霜如雪，印我青鞋第一痕。"小时候我也曾在冬天的早上坐渡船进城，走出船舱，寒风裹雪袭来，我的大棉鞋在船板上踩出一个个笨拙的脚印，一直绵延到河岸码头上。回头看一眼送我进城的渡船，在大雾中已不见了踪影。

还有更妙的情景，也在渡船上发生："自汲江波供盥漱，清晨满面落花香。"

他的妙笔每每让我惊诧。比如，看见风吹竹叶，他这样描述："隔树漏天青破碎，惊风度竹碧匆忙。"青破碎，碧匆忙，真亏他想得出。

诚斋诗句之妙，在南宋诗坛早有定论。他创辟了一种新鲜泼辣的写法，这种写法有个名目，叫"活法"。这是诚斋的绝话。钱钟书的比喻很传神："兔起鹘落，鸢飞鱼跃，稍纵即逝而及其未逝，转瞬即改而当其未改，眼明手捷，踪矢蹑风，此诚斋之所独也。"

诚斋的这种诗风，有人推崇备至。如南宋严羽在《沧浪诗话》里称之为"诚斋体"，说是"天地间自欠此体不得"。也有人不以为然，如清代岭南文人谭宗浚就认为："诚斋气节自足千古，诗则粗豪鄙俚，未为正宗。"可谭夫子有所不知，太雅了，也会雅不可耐的。诗经、汉乐府里蓬勃的生命元气，数百年间快被一帮风雅文人消耗殆尽了。平地里冒出个诚斋先生，"不听陈言只听天"，纵横腾跃于山川溪谷、江河湖海、稻田村舍间，读他的诗，真有万象毕来、酣畅淋漓的快感。也正因如此，"五四"新文化运动时期，胡适、钱玄同把他尊为"中国现代白话诗的始祖"。

文如其人，此言不虚。据《宋史》载，诚斋先生"为人刚而褊"，是个倔强的人。奸臣韩侂胄筑南园，请杨万里作记。杨万里坚决不写，说："官可弃，记不可作也。"韩忍怒未发，另请陆游，在园中设宴，让如夫人擘阮琴起舞助兴，陆游无奈填词一首，有"飞上锦裀红绉"之语，并撰《南园》一文。

得罪权臣，杨万里仕途不顺，多年来辗转各地做地方小官。他渐渐逃之于酒，逃之于山水，写下了许多有情有趣且带点野性的好文字。姜白石这样形容他："翰墨场中老斫轮，真能一笔扫千军。年年花月无闲日，处处山川怕见君。"

金印系肘大如斗，不如游山倦时一杯酒

僻居岭南乡野，黄昏温静时，坐园中读《杨万里小品》。诗坛盟主，健笔一支，小品文真是写得摇曳生姿，我于旧书册页间跟随诚斋先生的脚步在山川大地上恣意行走，豪情、清气满溢胸间，直呼快哉！

任职荆溪期间，他处理完公事，"吏散庭空，即携一便面，步后园，登古城，采撷杞菊，攀翻花竹"，像顽童一般呼啸而去。寒食时节，江南草色青青，他"蹑青鞋，唤乌藤，鸥鹭前导，猿鹤旁扶，相将挑野菜于芳洲，拾瑶草于杜渚"，不亦乐乎！秋深了，他与友人夜宿西湖南屏山净慈禅寺，"是夕雨作，松竹与荷叶终夜有声，骚骚也。五鼓夙兴，登坛将事。则天宇如水，月色如洗，殆不类人间有也"。冬

日他独坐南宫，静听"隔窗雨雪，落修竹间。一风北来，琤然有声"。

读诚斋先生的诗文，我被现代生活冻结的自然记忆一点点苏醒过来。春花秋月冬雪，山光水色竹声，它们是我的故友，它们还在那里等我回来。

诚斋先生爱以雪月喻友人。他写好友吴公叔："清旷简远，望之皎然如雪山，倚空落月满屋梁也。"《山居记》里的沈作宾，"胸次洒落，如风棂月牖，韵致清旷，如雪山冰壑"。出世入世，携冰雪之气，作冰雪之文，自魏晋以来，就是阮籍、张岱等一众名士的心头所好，诚斋先生亦不例外。

他在为朱熹写的祭文中以奇笔写二人的交谊："万仞峰头，携筇扪天。揭取北斗，酌海为酒。染云为裳，翦霞为袖。海波若干，更借银河。二老醉倒，顿足浩歌。"可谓气吞山河，豪气干云。

他的笔有时候玄妙而怅惘，比如他写自己寻访山中友人不遇："索汝乎北山之北，汝在南山之南，索汝乎南山之南，汝在北山之北。"南山南，北山北，人在山间不可寻。

诚斋先生的笔力异乎常人。《张希房山光楼记》写山光楼隐没于群峰之间：

忽有万峰，横空起立，迩者如黛，遐者如黝。浓者如湿，淡者如无。锐者如笋，卓者如屏。跳青跃碧，吁云噀雾。或向而来，或背而去。或偃而偃，或俊而揖。或奔而追，或凝而居。予不觉眸子眩晃，应接不暇。

文字跳动如音符，排山倒海而来。《无尽藏堂记》中描写江月跃出山巅之奇景：

水流平洲之南，北崖若裂，碧玉钗股，势若竞骛，声若相应，若将胥命而会于洲之下。览观未竟，云起禾山，意欲急雨，有风东来，吹而散之，不见肤寸。义山之背，忽白光烛天，若有推挽一玉盘疾驰而上山之巅者，盖月已出矣。

读这些文字，可知诚斋先生真乃"眼明手捷，踪矢蹑风"的文坛大侠。

诚斋先生身怀绝世武功，浪迹文字江湖，粗衣布服，落拓不羁。他在给朋友的信中自嘲道："新来做得一个宽袖布衫，著来也畅。出户迎宾，入城干事，便是杨保长云云！荷荷！"

诚斋先生的豪气野性、洒脱诙谐从何而来？我以为是在天地山川中慢慢濡养而成的，庙堂之上的刀光剑影在天高地阔处淡化为前尘影事，他渐渐悟到"有天地容人也"，惟愿深藏天地之间而不市。他在《无尽藏堂记》中借东坡先生的《前赤壁赋》表达心声："惟江上之清风，与山间之明月，耳得之而为声，目遇之而成色。取之无禁，用之不竭，是造物者之无尽藏也。东坡尝为造物守是藏矣。"

天地无尽藏，且为造物守是藏也，从此藏身于山川大地、宇宙万象之中，养就洒脱、清空之心。诚斋先生长啸一声，挥笔写道："金印系肘大如斗，不如游山倦时一杯酒。"

好山万皱无人见，都被斜阳拈出来

杨万里在天地间游走，一直走到了岭南，走到了大海之滨。淳熙七年（1180）正月，他自家乡吉水赴任广东常平提举，过大庾岭到岭南。至淳熙九年（1182）六月，在短短约两年半的时间里，他"遍览岭表之山川，与南海之涛波"，写下大量诗歌。他自叙道："余随牒倦游，登九疑，探禹穴，航南海，望罗浮，渡鳄溪。盖太史公、韩退之、柳子厚、苏东坡之车辙马迹，予皆略至其地。观余诗，江湖岭海之山川，风物多在焉。"他在诗中这样形容自己在岭南的情状："月在荔枝梢头，人行豆蔻花间。但觉胸吞碧海，不知身落南蛮。"

《南海集》如同杨万里的一本旅行日记，记录了他在岭南游走的点点滴滴。

韶州是江西入广州的必经之地，水路多险滩曲峡。屈大均在《广东新语·山语》中这样描述："每当夏涨，水如万马奔腾，岩壑尽崩，舟与惊涛相为勍敌。其性既湍悍，又苦峡门隘小，稍失势，则帆樯倒下千尺。"但因水石相激，峭壁千仞，沿途也为岭南山水之最胜处也："两崖摩挲皆作翠褐色，古木苍藤，垂阴水际，烟波隐映中，时有渔舠往来，篙落一声，岩壑四应，是为石洞最幽之处。"

荒林密箐古木怪藤，奇岩陡壁澄潭碧水，峡谷中一水蜿蜒，风光无限。杨万里坐在船上，直叹岭南山川之险峻奇幻，笔力激荡雄健，写下过险滩、穿峡谷的惊魂体验。

过浈阳峡时，忽闻杜宇声声，他写道："仰见青天尺许青，无波江水不胜平。只惊白昼山竹裂，杜宇初闻第一声。"

船过摩舍那滩，遇大雨停泊在清溪镇，他在船舱中写诗："过尽危滩百不堪，忽惊绝壁翠巉巉。倒垂不死千年树，下拂奔流万丈潭。"

　　船行峡谷之中，险象环生，他看见船夫飞跃而上桅杆："风从海南天外来，怒吹峡山山倒开。百夫绝叫椎大鼓，一夫飞上千尺桅。"

　　惊险过后，水面恢复平静。船在峡谷中穿行，诗人仰头看山崖之上的翠竹，在水面投下重重叠叠的影子，瀑布飞流直下，如雨雪纷飞。诗人的心很静很静，想起雪月之夜的种种旧事："旁将山染翠，仰为天写绿。何当雪月夜，孤艇苇间宿。"

　　清晨水面上雨雾迷蒙，诗人别具只眼："清晨雾雨重，不敢开船口。小窗试微启，逗入一船云。"

　　舟过谢谭时已近黄昏，山野被晚霞笼罩，诗人妙笔生花："碧酒时倾一两杯，船门才闭又还开。好山万皱无人见，都被斜阳拈出来。"

　　舟行水上，山中的翠鸟们不时合唱它们的山歌，诗人的眼睛被满山空绿洗净，薄暮微明时，水气氤氲，山崖上的密林变得影影绰绰，诗人的五感在一瞬间都被唤醒了。他写下很多很多的诗，一直留在了历史长河里。

越王台上落花春，一掬山光两袖尘

淳熙七年（1180）正月底，杨万里自家乡启程，先是溯赣江到南安登岸，过大庾岭抵达岭南，再乘船顺北江南下，直到三月底才到达广州。一到羊城，他就急不可待地登上了位于羊城最高处的越王台。

初春时节，越秀山巅一片火红，硕大的木棉花被急雨吹落，落红遍地。站在越王台上放眼远眺，可见群山逶迤，远江如带，狮子洋风光尽收眼底。杨万里写下《三月晦日游越王台》二首：

> 榕树梢头访古台，下看碧海一琼杯。
>
> 越王歌舞春风处，今日春风独自来。
>
> 越王台上落花春，一掬山光两袖尘。
>
> 随分杯盘随处醉，自怜不及踏青人。

广州面朝大海，扶胥港口边有一座南海神庙。屈大均《广东新语》记载：

扶胥者，广东诸水之汇也。南海之神庙焉。其西南百步有一峰，峭然出于林杪，是曰"章丘"。俯瞰牂牁之洋，大小虎门之浸，惊涛怒飓，倏忽阴晴，洲岛萦回，远山灭没，万里无际，极于尾闾，诚炎溟之巨观也。一亭在其上，以"浴日"名。

杨万里在广州任职三年，与南海神庙结下了不解之缘。他经常驾舟到南海神庙拜祭南海神，于黎明时分登临浴日亭观海上日出。一轮红日从海面腾跃而起，杨万里心潮澎湃，诗兴大发：

最爱五更红浪沸，忽吹万里紫霞开。

天公管领诗人眼，银汉星槎借一来。

杨万里是见过大海的诗人，海浪汹涌，濡染健笔，让诗人的豪情和野性挥洒得酣畅淋漓。淳熙七年（1180）春，诗人途经潮州时记《潮阳海岸望海》："动地惊风起海陬，为人吹散两眉愁。身行岛北新春后，眼到天南最尽头。"晚潮涌动的黄昏，他登舟远眺："船阁寒沙待晚潮，行人舟子各相招。银山一朵三千丈，隔海飞来对面销。"

在澄海至揭阳道中，杨万里写下《过金沙洋望小海》：

> 海雾初开明海日，近树远山青历历。忽然咫尺黑如漆，白昼如何成暝色。不知一风何许来，雾开还合合还开。晦明百变一弹指，特地遣人惊复喜。海神无处逞神通，放出一斑夸客子。须臾满眼贾胡船，万顷一碧波黏天。恰似钱塘江上望，只无两点海门山。我行但作游山看，减却客愁九分半。

海雾忽开忽合，晦明百变。开时海日高悬，近树远山清晰可见，合时则天昏地暗，咫尺漆黑。浓雾散去之后，满眼皆是外国商船，如入神话幻境之中。这是诗人的海上奇遇。

在岭南的日子不长，但山风让他的笔意更加清幽朴拙，海浪让他的诗情更加豪迈宽广。《南海集》是诗人面朝大海时写下的诗作，别开生面，别有洞天。

醉倒落花前，天地为衾枕

杨万里的一生，辗转各地做地方小吏的时间很长，仕途坎坷，五味杂陈。绍熙三年（1192）九月，六十五岁的杨万里终于弃官回到家乡吉水南溪，他如出笼病鹤，开始了梦寐以求的隐居生活。他抑制不住心中的狂喜，写诗抒怀：

> 江风索我吟，山月唤我饮。
> 醉倒落花前，天地为衾枕。

他在南溪之畔、东山之下自筑园林，名东园。在园中开辟九条小径，种江梅、海棠、桃、李、橘、杏、红梅、碧桃、芙蓉共九种花木，曰"三三径"。东园之内，有一小斋形状似舟，名"钓雪舟"。东园之外，有一林修竹、满川野花，乃"万花川谷"。杨万里终于歇了下来，在园中莳花弄草，闲读诗书，研究易经。他在《南溪上梁文》中描述自己的"小隐之乐"：

> 剪茅一亩，结屋数间。车辙有长者之多，竹洞无俗客之至。春韭小摘，浊醪细斟。扫花径以坐宾亲，听松风以当鼓吹。田父泥饮，从月出以见留。童子应门，或日高而未起。小隐之乐，勿传于人。

小园幽静，春阳潋滟，杨万里安坐书斋，半卷闲书一盏茶相伴，终于在隐居中品味到了生命的甘醇和静逸。一场春雨过后，小园中新绿溅溅，诗人在书斋中小酌夜读，写下《夜坐》一诗：

春后春前双雪鬓，江南江北一茅庐。

只愁夜饮无供给，小雨新肥半圃蔬。

杨万里爱梅，一生写下一百多首梅花诗。他特别喜欢写雪月之下的梅花。月漏微明，雪飞满空，诗人起身策枯藤、蹑破屐，登上万花川谷之顶赏梅，满山梅花逢雪月而夜开，真乃仙界奇景也。

他在钓雪舟中读书倦了，昏昏欲睡，忽然一阵风过，拂动案头梅花。梅香氤氲，惊醒梦中人，他起身疾书，字字自带梅香：

小阁明窗半掩门，看书作睡政昏昏。

无端却被梅花恼，特地吹香破梦魂。

天寒地冻，案头小瓷瓶里的梅花频送暗香，雪寒一夜，梅瓶因水结冰胀裂，诗人干脆将破瓷全部剥去，剩下冰裹梅枝，水晶瓶中数枝寒梅映在纸窗之上，真意外之美也。诗人静赏片刻，却又无端忧虑起来，如此清景，太阳一出，就将化为乌有了。

杨万里还有一个风雅的癖好，就是嚼梅花。一次去朋友家赴宴，一杯酒未尽，天降瑞雪。雪声璀然，诗人想到的第一件雅事，不是畅饮美酒，而是听着下雪的声音，蘸着蔗霜吃下一朵朵梅花："南烹北果聚君家，象箸冰盘物物佳。只有蔗霜分不得，老夫自要嚼梅花。"

他还写下另一首戏谑之作《夜饮以白糖嚼梅花》："剪雪作梅只堪嗅，点蜜如霜新可口。一花自可咽一杯，嚼尽梅花几杯酒。"诗人用梅花拌白糖，蜜渍后当成下酒小菜。雪夜诗人对花独饮，一朵梅花佐酒一杯，不大一会儿工夫，便把梅花吃尽，满嘴香甜，醉意朦胧。

他为自己独创的"蜜渍梅花"颇为自得，常常在诗中品咂，比如收在《江湖集》中的"吾人何用餐烟火，揉碎梅花和蜜霜"，有时干脆直接写一首《蜜渍梅花》："瓮澄雪水酿春寒，蜜点梅花带露餐。"

爱嚼梅花的诗人在东园安度晚年，一直活到了七十九岁，于开禧二年（1206）谢世。临终遗书有云："报国无路，惟有孤愤，不免逃移。"

只有三更月，知予万古心

甲辰年春夏，急雨连绵，书斋窗外骤雨初歇，连日捧读杨万里诗文，心中难免激荡怅惘。进入古旧册页交织而成的文字密林里，只见古树参天，苍藤虬结，曲径通幽，万象森罗。我在密林里寻访前代高人的踪迹，一门心思想着误入桃源深处，领略落英缤纷之妙境，在此邂逅绝世高手，悟得文字秘笈真传。

于是又拿起手中的《诚斋诗话》品读，目光落到此段文字之上：

> 庾信《月》诗云："渡河光不湿。"杜云："入河蟾不没。"唐人云："因过竹院逢僧话，又得浮生半日闲。"坡云："殷勤昨夜三更雨，又得浮生一日凉。"杜《梦李白》云："落月满屋梁，犹疑照颜

色。"山谷《簟》诗云："落日映江波，依稀比颜色。"退之云："如何连晓语，只是说家乡。"吕居仁云："如何今夜雨，只是滴芭蕉。"此皆用古人句律，而不用其句意，以故为新，夺胎换骨。

文字代代相传，如一轮又一轮的落花，飘荡在历史长河之上。我在水边捞起花瓣，回想旧日杂花生树、晴雪满竹的场景，心中既惋惜又留恋。大家都把中国文字之美遗忘了吗？否则怎么会习惯于每天木然咀嚼网上的文字渣滓呢？我的耳畔响起台湾女作家张晓风在一次讲座上的痛心疾呼："我们要好好对待中文呀！这是李白、杜甫、王维、苏东坡用过的中文呀！别糟蹋中文呀！"

这也是诚斋先生"如鹜鸟之翔空，骏马之下坡"一般纵情挥洒过的中文呀。他晚年曾经坐在钓雪舟里，望山间明月，带着伤感和憧憬吟道："只有三更月，知予万古心。"

天地自老江自流，万古八荒之间，诗文的敲金曳玉之声不绝。

山中的廖燕

窗外暴雨如注。甲辰年初夏，南方的雨水特别多，书房快成"苦雨斋"了。闭户读《廖燕全集校注》。

在苦雨的季节里读廖燕，倒也暗中契合了廖燕的文意。岭南的夏天蓬勃野性，酷烈的阳光和倾盆大雨交错而来，细叶榕和满地的野草野花毫无秩序地疯长，不远处的海面怒涛汹涌，湿气裹挟着潮热在墙面画下许多让人读不懂的图案。大自然里藏着无数的秘密，是困在书卷里的知识分子永远无法用理论解读的。

此前我没有认真读过廖燕的文字。我的阅读是从《半幅亭试茗记》开始的：

亭在韵轩西之南，声影寂寥，方嫌花翻鸟语之多事也。萝垣苔砌，修竹施绕，亭赘其中而缺其半，如郭恕先画云峰缥缈，仅得半幅而已，因以为名。亭空闲甚，似无事于主，主亦无事于客。然客至不得不须主，主在不能不揖客。客之来，勇于谈，谈渴则宜茗，而亭适空闲无事，遂以茗之事委焉。安鼎瓯窑瓶汲器之属于其中，主无仆，恒亲其役。每当琴罢酒阑，汲新泉一瓶，篝动炉红，听松涛飕飕，不觉两腋习习风生。举瓷徐啜，味入襟解，神魂俱韵，岂知人间尚有烟火哉！地宜竹下，宜莓苔，宜精庐，宜石砰上；时宜雨前，宜朗月，宜书倦吟成后；侣则非眠云跂石人不预也。

"声影寂寥，方嫌花翻鸟语之多事也。"仅此一句，已使我会心良久也。

廖燕乃韶州曲江人氏，初名燕生，号梦醒，后改名燕，号柴舟。他生于明崇祯末年（1644）国变之岁，屡遭离乱，一生贫困，十九岁时考取诸生，后厌弃科举，绝意仕进，筑室二十七松堂，闭户不出，终日究心经史，以布衣终，卒于康熙四十四年（1705）。

廖燕在中国文化史上声名不彰，知者寥寥。学者张荫麟先生有云：

> 明清之交，岭表有一学者焉，孤掌高擎，毅然与根深蒂固一世靡从之传统制度作战；其在学术上之创建亦足以名家而不朽。而其人生既寒微不显于当时，没复湮晦不彰于后世。梁任公作《中国近三百年学术史》，凡清初在学术界稍有建树之人，类为表暴，而斯人独不与焉。其遗书虽通行于日本，在中国则孤本仅存。斯人为谁？曰曲江廖燕。

廖燕是在日本"暴得大名"的。同治元年（1862），《二十七松堂集》流传到日本，引起日本汉学家的极大兴趣，为之刊刻。盐谷世弘在为《二十七松堂文集》刻本撰写的序文中写道："廖燕文以才胜，文章能继承明代文风，可说是明代文坛的大殿军。"光绪十年（1884），近藤元粹将廖燕列为中国明清文坛八大家之一，赞其文章雄瞻杰出，笔有奇气。

与日本人对廖燕的看重相反，清末李慈铭在《越缦堂读书记》中这样评价廖燕："夜半不睡，阅廖柴舟《二十七松堂文集》。……其文颇疏隽，欲以幽冷取胜，自负甚高。……盖山野声气之士，而议论偏谲，读书无本，不脱明季江湖之习。"江南文人尚雅，视岭南文士的朴野雄直为"江湖之习"，岂知江河湖海上方有真豪杰纵横。故廖燕有言："凡事做到慷慨淋漓激宕尽情处，便是天地间第一篇绝妙文字，若必欲向之乎者也中寻文字，又落第二义矣。"

廖燕生逢乱世，命运多舛。这是怎样的一个乱世呢？明清政权更迭，永历和唐王两个南明政权先后在广东建立，揭开了长达十八年抗清斗争的序幕。在南明势力被完全消灭之后，三藩之乱再次把广东卷入了战争的漩涡。廖燕和屈大均一样，身上带着岭南文人的刚直之气，无法忘却经世致用的初衷，"欲以奇计取功名"。他屡次越梅关古道而出，欲北上远游，"一览中原山川与异闻壮观，天下幽眇玄幻、可感可悟之事"，无奈家事牵绊，屡屡半途而返。

他的前半生处处碰壁，他在《与阿字和尚书》中这样描画他登门拜访的"大人先生"嘴脸：

> 世所称大人先生，彼龌龊卑鄙者，固不足道，间
> 有闻名愿见者，皆矜持边幅，喜谀自尊，无开心见诚

之意。窥其动止语言，只与龌龊卑鄙者争工拙于毫厘之间，皆不足以服从前向慕之心，其不得见与得见而慢易无礼者，又不可胜数。窃用自疑，书传所载，吐哺拥慧，与倒屣执鞭推食以待天下士，皆古人杜撰巧饰，以欺后世之词，不足深信。

世态炎凉，伪士众多，廖燕心中苦闷。他在给友人黄少涯的信中自述：

生平好奇谈，不能常遇知音，寻常对人半语不发，或同饮适意，则舌端幻化，风生云涌，不可遏止。一日饮友人舍，快谈咄咄，偶遇伧父，几至哄席。以此常戒妄谈，然愤懑填胸，冲口即是，虽知亦不及检，奈何？负千金璧，至与瓦砾争贵贱，何益焉？

廖燕一生穷愁困厄，潦倒无依，家破人亡、颠沛流离、病馁饥寒之苦无不尽尝。第一次婚姻娶邓氏，生二子二女。俱殇。续娶邓氏，生五子三女，其中三子一女也在饥寒动荡中死去。穷与愁形影相随，像一张密实的大网把他牢牢困住，无法脱身。

康熙三十五年（1696），韶州知府陈廷策解职返京，邀廖燕北上。这是廖燕一生最后一次北上出游。是年正月自粤出，至江西南昌，陈氏赠三十金与之分路北上，廖燕与另一同行薛某至苏州后，盘费悉数被骗。廖燕于吴中罹病数月，孤身羁旅，辗转返粤后惟有一声长叹："吴门归来，依然故我。福薄之人，任是神仙点化，亦化不得这副穷骨头，况他人乎？"

这是廖燕人生的又一转折点。此时的廖燕，已与天地万物和解，决意安居乡野读书著文。他把天地万物看作无字书，深觉"文莫大于天地，凡日月星辰云霞之常变及夫雷电风雨造化鬼神之不测，昭布森列，皆为自然之文章"，"文散于古今天地事物间，无端而忽然相遭，纵横曲直，随人性之浅深而一抵于极"。

人生并非只有庙堂之上的正襟危坐，隐居山野也是一种活法。中国古代文人常常是在山林里完成生命角色转换的。功名远了，真生命在四时节气、梅兰竹菊的氤氲中慢慢苏醒了。他们开始在密林里游荡，在水边畅饮，在有月亮的夜晚定睛看一枝梅花绽放。他们清晨聆听山林清音，深夜里与游侠骚客彻夜饮酒，目送落拓不羁的浪子们穿林越野、长啸而去。他们的听觉、嗅觉、味觉、触觉、视觉在山林里渐渐复活，帮助他们完成与大自然的欢乐而庄严的对话。这对话被写成诗文，成为了中国文学中最流光溢彩的精华部分，被一代代中国人吟咏、品咂、回味，渗透进灵魂和精神血脉之中。

我的案头还放着周作人的《苦竹杂记》。他在书中对某些文人的评说，让人忍不住发噱。他评价"章实斋是一个学者，然而对于人生只抱着许多迂腐之见"，而"李笠翁当然不是一个学者，但他是了解生活法的人，决不是那些朴学家所能企及"。知堂终日在苦雨斋里闭户读书，阅读量甚大。他对岭南文人的作品也甚为熟稔，在《苦竹杂记》中品评屈大均的《广东新语》、陈坤的《岭南杂事诗抄》，评价皆高。他在《关于焚书坑儒》一文中提及廖燕的《二十七松堂文集》，引其中的《明太祖论》为天下妙文。如何一个妙法？且听廖燕言说：

> 吾以为明太祖以制义取士与秦焚书之术无异，特明巧而秦拙耳，其欲愚天下之心则一也。……明制，士惟习四子书，兼通一经，试以八股，号为制义，中式者录之。士以为爵禄所在，日夜竭精敝神以攻其

业，自四书一经外咸束高阁，虽图史满前皆不暇目，以为妨吾之所为，于是天下书之不焚而自焚矣。非焚也，人不复读，与焚无异也。

知堂读完廖燕妙文，得出如下结论：

治天下愚黔首的法子是考八股第一，读经次之，焚书坑儒最下。盖考八股则必读经，此外之书皆不复读，即不焚而自焚，又人人皆做八股以求功名，思想自然统一醇正，尚安事杀之坑之哉？

知堂苦茶、苦雨、苦竹，其实是苦天下事久矣。"我与我周旋久，宁做我"，罢罢罢，闭户读书去。

扯远了。回来继续说廖燕。满怀豪情、满腹牢骚的廖燕终究还是归隐山林了。读《廖燕全集校注》，我喜欢的还是那些关于山居、村野的文字。我想跟他去山里漫游，坐在屋檐下听雨、品茶，春天的早上去菜园里割下新韭做菜，夏天溪水猛涨时去水里捉鱼。

廖燕一生虽贫寒，却深谙山林乡野逸趣，一支笔被山川草木书卷浸润得摇曳生姿，既有洞天彻地之慧光，亦有闲云忽生之妙相。

他在屋前建韵轩，又在轩旁种竹。《韵轩种竹记》读来空绿照人：

甲寅二月上巳，有曹溪僧冒雨遗予雪竹三茎，长丈余，种之即活，并授予移植浇洗之法甚详，惟连三岁新旧竹移种之之法尤捷，以是栽无不活，活无不盛。当月夜清朗时观之，影离离布满窗根阶壁间，绝胜倪云林层层烟雨笔意，予顾而乐之。下随意设石杌几榻之属，客有可语者，拉之坐其下，翠阴下滴客衣，须眉皆作碧绿色。客去，予则独坐啸咏，时饮时歌，时坦步，时坐卧。其间，皆与竹有相得之意。闲居无事，则以洗竹为工课。遇得意句，随手拾片磁画竹青题其上。岁久，竹青消剥，字迹皆作古碑苔蚀痕，似隐似现。客见之，反以为有韵。

村子附近有野圃，廖燕常与友人在此优游，饮酒于梅花树下。《游野圃记》写梅花树下的"文心酒气"也是一奇：

邑西有圃而野，巷陌曲折，皆竹树围成，延袤可二三里，编篠为扉，倒木成桥，无工饰而有天然之致，相传为明藩封别墅，今名上果园、下果园是也。每至春时，花雨沐衣，草香引路，予辄与友人携酒榼游其中，遇得意处则藉地而饮。

是日饮梅花树下，落英随风飘坠酒杯中，杯未及接唇，梅香杂酒气，从鼻入脑，心花顿开。一客后至，遍觅不得，忽从欢笑声迹之，始知入竹林深箐中。出圃为野田，时方春初，田尚未垦，爱其茸软苔柔，则随饮其上，于时情与境洽，赏遇心融，浮白无算。俄而西山霞起，光怪陆离，照耀林木，皆成异观。客指曰："此亦一奇也。"予曰："此吾辈文心酒气之所结成者耳。"客为之绝倒。

《山中集饮记》更是行神如空、行气如虹之奇文：

岁乙卯端阳之月，予与友相约为野外之饮。越一日，遂呼童携酒负榼，择林阜轩敞处而布席焉。山与胸之磊块赏，泉与胸之娟洁赏，草木云物与胸之文章怪奇赏，赏不期会，胸忽然开。俄而云起山溪中，乍雨西北，日光犹隐隐作灯影射人状。继而大雨，雷电交迅，众争持盖伏，予独浮白不顾。忽万丈虹从碧落画破天界，雨不敢敌，寂然避去。一时天宇晴朗，林鸟和鸣。微风起处，觉有异香自远而近，掠襟裾而透肌骨，盖野塘中荷花香也。于是饮酒乐甚，人自为欢，或咏或歌，陶然已醉。

此等妙文，当与张岱争高下也！惜柴舟先生僻居岭南山野，知者甚少。这些文字藏于山野之中，沉寂了很久很久，直到同光年间，才在东瀛岛国得遇慧心人激赏，如宝珠一般大放光明。

窗外激雨如注，我在书斋里静心定神，穿越故纸丛林，跟随廖燕在山野间神游。廖燕住曲江南岸村，村旁溪流浅急，遇巨石阻激，郁为深潭，村民月夜裸体坐急流上，"坐滩"抓鱼。廖燕在给堂弟佛民的信中绘声绘色描述这一场景：

村旁即双下溪，昨食溪鱼，佳甚，与大河所产迥别，生平似未及尝者。此溪出猺山高源，下合乳水，入大江，水势浅急，沙石杂错，遇巨石阻激，则回流漩澓，郁为深潭，为鱼穴薮。住溪人皆善捕鱼，月夜，裸体坐急流上，候鱼过。鱼性喜逆流抢生，伺近身，以手按之，辄得。顷刻可数十头，谓之坐滩。所产鱼属皆佳，所称杨妃鱼尤美，长不过五寸，圆身膏肉，传杨妃所喜者，妄。

村民把抓到的"圆身膏肉"的五寸小鱼称为"杨妃鱼"，廖燕连连摇头称妄。

在山居的岁月里，廖燕滤尽了火气，写下了许多传之后世的诗文。我把廖燕的《山居》三十首读了又读。月明之夜，篱笆下几株乍开的梅花散放着冷香，远处露气笼罩的湿漉漉的松林里，栖息着一只只白鹤。诗人如纵浪之虚舟，终于在草木欣然的山野里找到了静息之地。他静心体味着"林深尽日无人到，雨渍阶前野藓斑"的野趣，在薄雾微明的早上看"杂花争发围茅屋，野水分流入藕塘"，一场大雨过后，在院子里静赏"瓦雀将雏喧小圃，苔痕随雨上回廊"。岭南的乡野，水气泱泱，他荡舟而出，诗兴大发："水国潮生浮艇去，松窗花发指云归。到来丘壑难忘处，正值春风蕨笋肥。"他藏身山林深处，听风听雨，望云望月，有时"风里响听千尺瀑，雨中寒坐一龛灯"，有时"钓垂潭月孤身往，药采藤花满袖还"。日子一天天过去，天气渐寒，他找到了新的乐子："秋晚寻僧黄叶寺，宵分钓雪绿萝溪。"

我喜欢廖燕的《寒斋》二首，清寒与远意交织，有一丝涩味。冬天到了，廖燕在院子里收拾残叶，在炉子里引燃，寒风凛冽，远山之上几抹微云掠过，诗人吟道："煨炉树下收残叶，呵笔风前写远山。赖有寒云无世态，飞来几片伴人间。"夜半时分，他还坐在炉火前想心事，桌上的朱墨已冻得凝成了墨块，灶冷茶凉，诗人心情略带萧索："绿覆茅檐接竹林，东风吹入雨痕深。茶香伴冷三更火，朱墨磨消数载心。"

我在书房里抄录下廖燕的诗句。窗外高楼林立，透过雨帘，我看见廖燕隐身在二十七松堂的蕉林里，正把诗句写在芭蕉叶上。这是一种试图逃逸的幻觉。廖燕潜隐在岭南的山河大地上，永恒不灭。我想起永明延寿大师《唯心诀》里的妙句："心空则天地虚寂，心有则国土峥嵘。念起则山岳动摇，念默则江河宁谧。"山中的廖燕在念起念默间隐入了白云深处……

岭南山海经

康熙十五年（1676）春，屈大均自桂林军旅回到老家番禺沙亭乡。他的前半生都在反清复明的壮怀激烈中度过了。现在，他就像一只飞累了的鸿鹄，悄然回到了老巢。

隐居乡野的屈大均依然不改游侠本色。只是这一回的游走，不在庙堂之上，却在天地之间。

他一袭布衣，一履芒鞋，穿行在村野巷陌、山河湖海之间，不亦乐乎。此地山川肥沃，草木繁茂，男人耕田贩鱼，女人种菜养蚕，田间地头海面，到处是山农渔民忙碌的身影。日出日落，照见山川大地一派宁和景象。潮涨潮衰，一任渔郎江海纵横。春天的时候，天地间朗润如洗，处处草长莺飞，海面上浪腾鱼跃，无数风帆正起。

他站在岭南的山海之间，忍不住长啸一声——端的是重整河山，海阔天空。

他铺开纸笔，开始写《广东新语》。他写他走过的山川，莳弄过的草木，还有乡野里那些好玩的、让人忘不了的事。岭南的山川万物如画卷般，在他的笔下徐徐展开……

海 上 日 出

屈大均回到家乡的时候，真的很累了。纵横江湖，为反清复明远走塞外，游侠江南，屡败屡战，眼见复明大业无望，爱妻华姜又猝然早逝，数十年奔波劳碌，他的生命消耗得快干枯了。他想歇歇。

屈大均家住覆船山脚下。山上遍布古松，风来时，松涛与风涛相春，响震陋室四壁。屈大均顺势把山称为"春山"，在宅前悬一匾额："春山草堂"。

给书斋取这样一个名字，屈大均费了一点心思。屈大均字翁山，他自认"春"音与"翁"音相近，故名"春山"。屈大均知商朝隐士傅说"春于深岩以自给"，东汉隐士梁鸿隐居灞陵山中，为人赁春。而他历经丧乱，思以耕稼终其身，高春而作，下春而息，在"春山草堂"度此余生。

屈大均每日里安坐春山草堂，或临窗静读，或伏案著述。窗外几竿修竹，映得纱窗亮绿，自朝至夕，皆可望见烟光日影露气浮动于竹叶之上。他一天天平静下来。

夜半时分，屈大均还在书房里默坐。山川万物都已归于寂静，却有大海的潮汐相伴，呈现出大开大合的磅礴气象。他隐隐感觉到有一种力量正从地底升起。这力量伴着夜气，在天地之间升腾。他忍不住披衣下床，步出中庭。他知道自己要去哪里。

春山草堂距扶胥港口不远。他很快就走到了海边。他疾步登上离扶胥港口仅百步之遥的章丘峰，站在了峰巅之上。这一刻，天地寂寥，月色如洗，万物都在期待某个瞬间的来临。唯有海浪击打着岸边的岩石，涛声浩荡，一直传到山巅。

突然，海上升起耀眼的光芒，如闪电瞬间传遍天际，海面上波涛汹涌，携带着红光的海水一浪高过一浪，天空被火云染成一片红色，分不清哪是天，哪是海。海天一色，一轮红日自海面冉冉升起，大逾百尺，光照四方。

屈大均屏息站在章丘峰上。他感觉到，某种神秘的力量在这一瞬间注入了他的血脉之中。这力量让他静默，却又让他激情澎湃。他的心被某种光芒照耀得通体透亮，安宁极了，欢喜极了。

岭南的山川大地托起一轮红日，迎接这个颠沛半生的岭南才子归来。天地万物如画卷般在他面前徐徐展开。他突然明白了。

回到春山草堂的时候，天已亮了。屈大均铺开笔墨，在纸上一挥而就："天以布衣存日月，海滨山阁著藏书。"

从今往后，他将在岭南的山海之间再做一回游侠。这一回，不在人间，却在天地之间。

山 水 行 吟

在家久了，屈大均偶尔也出门远游。他一袭布衣，一履芒鞋，在岭南的山川中恣意行走。

岭南群山，自大庾岭蜿蜒而来，一路崇山叠嶂，从广州府到菱塘，横亘百余里，如瓜蔓相缠，或合或离，一脉相承。山至虎门，奇峰陡起，直达海口。山海相连之处，从春至冬云蒸霞蔚，山风海浪瞬息万变，气象万千。

在屈大均看来，岭南大地以五岭为屏障，向着大海一路延伸，自有中原大地无可比拟的开阔磅礴气势。静观山水日月，渐渐成了这位布衣诗人的家常乐事。山气清明，他知夜晚必月色如水，水气朗润，他知白昼必风日妍丽。

西樵山离广州不远，是屈大均常去的地方。山里面多平地，遍种山茶，茶田中依稀可见村户人家，鸡鸣犬吠，若近若远。春天快来的时节，山林里寒气缭绕，山路两旁的山兰野梅都开花了，冷香在山野的杂草树木中一路穿行，和溪流的泠泠声交融在一起，宛若仙境。

屈大均一直往前走，直走到山重水复，云深不知处。

他来到英德。从南山寺沿城向西北前行，路皆青石砌成。村户人家，各傍小山而居，茅屋周围，古木长松遮天蔽日，偶有风过，松涛杂沓而起，树影斑驳乱舞。屈大均歇息时坐在溪边，看砍柴的村女赤脚从水中蹚过，溅起阵阵水花。一路看山观水，不觉之间就到了洸口，屈大均抬头见一巨石，上有米芾手书"宝藏"二字。

翩翩贵胄发配岭南为尉，米芾在这里发现了什么宝藏？屈大均心领神会。他知这山水之间，确有宝藏无数。

岭南山峦，自大庾岭一路绵延，分为两支。一脉南行，自南雄至广州，末干直走潮州。一脉西下惠州至罗浮。山峦之间，总有一水蜿蜒，山青水润，自成天然之机。

岭南山间多峡谷。西自德庆至高要，有大湘、小湘、羚羊三峡，称"西三峡"。北自英德至清远，有浈阳、香炉、中宿三峡，称"北三峡"。屈大均闭眼都能看见在群山之间萦回的一带绿水。水面上日光铺金缀玉，古木苍藤从两崖之上把盘旋虬结的枝藤茂叶倒垂下来，在水上搭成天然的凉蓬，舟行其下，可见树影迷离，波光潋滟，水色藏草则绿，蕴石则青。两岸岩壁上遍生各色花木，与石色青白红紫相间，灿若锦屏。偶有瀑布横穿而出，水流纷披四注，飞珠溅玉。

岭南多山，山水相依。山色千变万化，天阴时笼烟雨，天晴时罩云霞，过午满目空绿，薄暮渐呈靛青。暮色初起，屈大均坐在舟中，看两岸青山由亮绿变暗，直至转成暗影。四周很静，只听见篙落水中的泠泠声。一轮明月自山顶升起，江空月静。

这样的夜晚，屈大均唯有静默，与山水相融。

屈大均最爱罗浮山。罗浮山由罗山和浮山两山相合而成。雨时二山相合，晴时二山相离，乍合乍离，玄妙无穷。骤雨初歇，屈大均登上山巅，见白云汹涌而出，浩浩无际，诸峰如浮汪洋之上，顿觉此身如不系之舟，浮于云海之上，直入太虚幻境。

罗浮山口有梅花村，村人广植梅花，冬春季节，落梅满地，牛羊蹄踏之处，皆有冷香。梅花盛开时节，村人用落梅酿酒，在村南麻姑酒田当垆卖酒。屈大均每下山来，都在酒田与村民对饮。卖酒的村姑要屈大均以诗换酒，诗人哈哈大笑，下笔疾挥，且饮且写，动辄千言。梅花香似美人来，引得诗人酒兴诗兴如狂。他索性给自己取了一个别号为"花田酒田之农"，作《罗浮对酒歌》："为农只是种花田，花换春醪不用钱。更向梅花村里住，梅花持去酒如泉。"

走的次数多了，屈大均方知罗浮山是一座香山。山上老树成片，树皮斑驳如鳞甲，剥下一块嗅之，幽香沁人，就算是外皮枯朽的残枝折干，木心仍香。罗浮山民皆为香农，终年采香木置于溪中，以水车舂之，制成香饼香条，沿溪而下，售往广州、惠州。屈大均把水车上舂香的石碓称为"香碓"，溪水则名"香溪"，并作《香溪曲》记之：

罗浮自是一香山，香使山人不得闲。

一棹香溪贩香去，香如尘土满人间。

行走山中，屈大均见百姓人家皆在日月山川里，自己沐晨曦风露，也沾了一身山川奇气，从此悠然坦然。

渔 歌 坐 忘

屈大均每日里走在山海之间，接足了地气。南方的山和海，吸足了阳光，看起来朴素安宁，却是元气充沛，气象万千，自有一种蓬蓬勃勃的力量。他愿意从此在野地里活着，和山农海民一起，听潮起潮落，看万物生长。

野地里的日子，让他欢喜自在。

沙亭村靠近海边。从春山草堂出发，经南海神庙，站在扶胥港口，只见海面上船帆星星点点，都是邻村渔民出海捕鱼的小船。渔民们每日随潮涨潮落，撒网捕鱼，抬眼眺望远方海天相接的地平线，低头瞅见满船的海鱼在阳光下扑腾，黄昏时上岸归家，径直拎两条新鲜活鱼剖开洗净扔进锅里，不一会儿就可闻见满屋子鱼香。

屈大均喜欢去茭塘走动。茭塘在广州东郊，早晚都有墟市。一到茭塘，迎面就会碰见刚从海里上岸的渔夫渔妇，抬着一筐筐形色各异的海鲜大步而来。鱼还在筐里蹦跳着，鳞片在太阳下闪得刺眼。渔夫渔妇都光着膀子，皮肤被太阳晒得黝黑，汗珠子直滴。墟市里满是海鱼的腥味，新鲜潮润，生机勃勃，讲价交易声此起彼伏，买卖或以钱币交易，也可以米易鱼。

一天辛苦下来，渔民们就在沙洲上生火煮鱼。柴火冒出的白烟和砂锅里鱼汤的热气融在一起，在傍晚的天色中升腾。屈大均和渔人们席地而坐，围着砂锅吃鱼。太阳在海面上慢慢移动，把整个天边映得火红。晚霞散尽，天边一片清明。

屈大均端起酒碗，把村人新酿的米酒一饮而尽。这时候，他只想用大白话写渔歌："船公上樯望鱼，船姥下水牵网。满篮白饭黄花，换酒洲边相饷。"

他又写："鳝多乌耳，蟹尽黄膏，香粳换取，下尔春醪。"

渔人不懂他的诗，可他懂渔人。

茭塘河豚最美。自虎门至茭塘，六七十里海面所产河豚个小少毒，色黄而味甘，量多而价贱，渔人把它当作平常菜肴，随意大啖。一到秋天，茭塘海滨日日都有河豚之会。渔人用火燔河豚之刺，用滚汤淋洗再三，再加肥肉烹至皮骨尽脱，大锅端上，临海饕餮，真人生至乐也。

岭南之地，素有食鱼生之俗。岭海鱼生，以鲈鱼、黄鱼、青鲚、白鲩为上。泼剌剌新鲜出水的海鱼，去其皮骨，洗尽血腥，细剉为片。鱼生放入瓷盘，片片红肌白理，轻可吹起，薄如蝉翼，和以老酒食之，入口冰融。屈大均叹惋岭外之人"不知此味"，实为人间至品。

每到春天，南海海目山下海水澄澈如洗，屈大均短衣赤脚，荡舟而至山脚。此地鲥鱼最美，捕上来的鲥鱼可即时剖为鱼生。海水为邻，老酒佐餐，屈大均在舟中饱食鱼生，看一江春水东去，随口赋诗："刮镂鸣时春雪消，鲥鱼争上九江潮。自携脍具过渔父，双桨如飞不用招。"在沙亭村，每有亲朋登门，家人不具鸡黍，用鱼生饷客，佐以家酿蜜酒，宾主皆两颊酡红，尽欢而散。

屈大均有时也和渔人出海，跟着他们认识了好多种鱼。他知道渔人是随季候捕鱼的，有"寒鲚热鲈"之说，说的是鲚鱼喜寒，至冬始肥，而鲈鱼畏寒，初冬从江入海，夏初又从海入江，一路奔向暖水，"热鲈"之名由此而来。九月时节，海面上和风习习，渔人告诉他，这刮的是"银鱼风"，银鱼正肥呢。网上来的小银鱼肉乎乎的，光滑无鳞，盛在白瓷盆里，和清水无异，唯见两目黑亮如漆，煞是可爱，其肉鲜甜无刺，为海中佳品。

夏天的夜晚，他和渔人出海去捕鹅毛鱼。渔人有经验，不用网罟，只在小艇上点一盏渔灯，鹅毛鱼如扑火的飞蛾，见光就跳上艇，俄顷之间，满艇皆是上当的鹅毛鱼。"骗子"渔夫赶紧把渔灯熄灭，以免更多天真的鹅毛鱼扑过来，压沉小艇。鹅毛鱼气味绝香，也称"香鱼"。

屈大均处江湖之远，临海放歌，观潮起潮落，跟渔人一路漂到天涯海角，到夜晚枕臂躺在船头，叹一声："明朝事天自安排。"

沙亭农事

除了偶尔在山海间行走，屈大均常年在沙亭村里过着平淡的日子。他观节气，知农事，每日里的生息劳作都依天时地气而定。

岭南常年暖热，只有初春时节有几天极冷，冬天寒不过两三天又暖和了。春夏时节，风自南来，催万物生长。一年四季，岭南大地风云变幻，与农事息息相关。夏秋之交，看天边红霞暮染，屈大均知飓风将至。腊月间南风骤起，原来是"送年南"驾到。

风乍起，雨随之而来。天晴时暴雨忽作，雨不避日，日不避雨，点大而疏，乡人称为"白雨"。白雨为炎热之气所蒸，岭南酷热，夏日白雨尤多，往往滂沱而至。但乡人喜白雨，因"早禾壮，须白撞"，稻谷吸足了雨水，长势喜人。乡人最怕"黄雨"。日色微黄时下雨，其气溽热，最伤禾苗。夏天农事最忙，天晴天雨，都是老天恩赐，村民皆在田间地头忙碌，惟恐错失了天时。到了秋天，一切皆瓜熟蒂落，村民依旧小心翼翼，牢记世代相传的农谚，比如，"七夕有雨，则八月无雨。处暑无雨，则白露有雨"。村民忌白露雨，因这个节气所下的雨是苦的，稻谷沾了易成空壳，果木沾了长虫，蔬菜也会变苦。原来，雨也有甘有苦，春雨甘甜，秋雨苦涩。

立春之日，村民尤为看重，这一天，大地如同新生，一股气流从地底涌上来，万物都觉生机勃勃，村子里喜气洋洋。岭南以春寒为祥，一春之寒暖，依立春时节卜之，立春之日微寒，则一春皆暖，所谓"春寒春暖，春暖春寒"。天虽寒，天地间却是亮堂堂的，寒气也化作缕缕清明之气，在天地之间回旋。村民们又说："春晴一春晴，春阴一春阴。"这些话在屈大均听来，都是天成的好诗，就像立春之时在草木之上缭绕的寒气，吸天地精华，妙不可言。

每到四五月间，岭南山中处处可见山民畲田。天气晴霁之日，山间白影浮动，皆为白衣山民悬于斜崖陡壁上，砍去横生杂木，自下而上燔烧山土，待土脂熟透，山民再翻转积灰肥田播种。岭南山土得天时地利，不加灌溉，稻谷自然秀实，甘香养人。山溪自山顶灌注而下，一水养百亩之田。

屈大均所住的沙亭村，有村民千户，皆以耕渔为业。村子距南海神庙不远。庙在扶胥江北岸，庙左的山峰上立有浴日亭，与庙遥遥相对的是一座叫烟管冈的山峰。草堂倚烟管冈为屏，与南海为邻，近可眺望扶胥日出，远可遥想罗浮晚青，海色山光尽收眼底。

屈大均住在村子里，日出而作，日落而息。田间稻谷、地里蔬菜、屋前果木，在他眼里，都是知冷暖、感天时的灵物。闲坐书斋的时候，他总会抬头望望窗外的日色天时，雨疏风骤、云蒸霞蔚，都会牵动他的神经。二十四个节气，他烂熟于胸，每到时序更替之时，他总是静静站在田间地头，感知天地万物的每一点细微变化。

屈大均年年耕田，渐识南粤稻种。广州之稻，到每年十月即起土犁晒，立春后十日浸种，至小暑前五日稻谷尽熟，五月中即有新米可食，稻农称为"吊犁早"，稍迟者叫"百日早"，或"夏至白"，又有西风早、光早、乌早，都是早稻。早稻收获过后，稻农开始种晚稻，自夏及秋，稻田无时不获，无谷不备，稻农虽辛苦，常有新米可吃，亦知足矣。

岭南多产粘米，青粘、赤粘、白粘、黄粘、花粘、银粘、油粘、薯粱粘、鹧鸪粘、深水莲，串起来就是一首色香俱美的叙事诗，糯米呢，有安南糯、斑鱼糯、白糯、黄糯、蕉糯、油糯、翻生糯、荔枝糯、金包银糯，凡种异品，皆生长于岭南田野之中，村人以黏为饭，以糯为酒，各得其所。

荔枝是岭南一绝。岭南的山间地头，矶围堤岸，到处都种着荔枝树。夏天刚到，满树挂枝的绿果仿佛在一夜之间被太阳染成一片火红。山上产"山枝"，水边长"水枝"。山枝水枝，皆如一片红霞。

在屈大均的记忆中，每年的荔枝盛宴要从夏初扰攘到秋初。他看着荔枝挂在枝头，从青黄渐渐红透。村子里的水枝先熟，水面红波荡漾，接下来山枝也结果了，村子里渐渐热闹起来，亲友登门啖荔，商贩议价收货，像过节一样。从各处来的荔枝商贩，用栲箱把刚摘下的荔枝装好，捆上黄白藤条，运到扶胥江边。自扶胥历东西二洲到沙贝村，一路上舟船不绝，两岸绿枝红荔堆得像小山一样高，直向韶关驶去，过梅关而销往中原。

荔熟时节，屈大均常常会接到邻村邻县亲友的品荔邀约，隔不了几日，他就要坐船出门去赴荔枝宴。邻村沙贝距沙亭村仅五十里。此地泥土黄润多沙，所产荔枝风味绝佳。屈大均或乘一叶扁舟，沿扶胥江溯流而下，半日即抵村口，或渡江先到南海神庙，从祠外东行三十里即至。一路触目所及，皆是红荔映水映日，野香扑鼻，令屈大均深享野民之乐。

屈大均一袭布衣，或乘舟，或走路，穿行在村野巷陌，山河湖海之间，不亦乐乎。此地山川肥沃，草木繁茂，男人耕田贩鱼，女人种菜养蚕，田间地头海面，到处是山农渔民忙碌的身影。日出日落，照见山川大地一派宁和景象。潮涨潮衰，一任渔郎江海纵横。春天的时候，天地间朗润如洗，处处草长莺飞，海面上浪腾鱼跃，无数风帆正起。

屈大均站在岭南的山海之间，长啸一声——端的是重整河山，海阔天空。

园 圃 小 记

安住草堂，每日耕田劳作，那些庙堂之上的壮怀激烈似乎离屈大均越来越远了。屋旁的老木棉在春天开花了，满树缀满红花，每一朵都像盛满红酒的酒杯。草木有灵，屈大均想：老木棉是在替他向天地感恩吧？

有时候，屈大均也为贫穷烦恼。看着满屋子的旧书，他忍不住给远在安徽的老友汪扶晨写信："甚苦家贫，欲扁舟载所刻书，亲作吴越书估，半年跋涉，书售即还。"可是，谁会买他那些旧书呢？他好像没有想过。

好在岭南地气旺，好种菜。从春到冬，菜园里各色菜蔬轮番生长，绿葵白薤，沙姜胡葱，都是饭桌上的好菜。有时候灶下柴火正旺，屈大均临时叫小儿明洪快快从菜地里扯几把芥薹洗净下锅，几铲翻动，满屋子菜香。端上饭桌，看起来油绿，吃下去清甜，真是本色佳肴。

秋天，屈大均种葱。葱分木葱、丝葱。丝葱春种冬收，极香，属葱中贵品。屈大均种的是木葱，也就是胡葱，秋天种下，常年不萎。春天刚下过雨，屈大均会去菜地里割葱、割韭菜。雨水和着葱韭渗出的绿汁，加上一点泥味，很香。

春天，屈大均种芋。这时节种的是早芋。南地芋种很多，有黄芋、白芋、银芋、红芽芋，春种夏收的是早芋，夏种秋收的是晚芋，都长在岭南膏腴之土中。早芋有长长的紫茎，紫绿相间的枝叶，在炎阳下伸展，与土中的芋芳遥相呼应，占的是天时地利。

岭南河汉纵横，村口地头，到处都有水塘。夏天满塘青绿，茨菰、莲菱次第生长，长势喜人。水面上绿叶亭亭，淤泥里白玉暗藏，草木皆知五色五行奥妙，该开花时开花，该结果时结果，顺风顺水，一派安然。莲藕、茨菰、菱角，内里皆粉白甜脆，吃下去养人。傍晚的时候，风凉水冷，村民们喜欢坐在池塘边的榕树下歇凉，莲叶田田，蜻蜓也飞累了，停在红莲之上。屈大均忍不住诗兴大发：

池塘风静水微波，野客朝朝负汲过。

菡萏东西花叶满，茨菰十二子孙多。

团团芋叶包青鲤，曲曲藤枝赶白鹅。

更向浮田亲摘菜，不辞寒雨湿渔蓑。

屈大均每日里在菜园浇水施肥，给果木剪枝除虫，应和着岭南风土的内在节奏，播种、锄地、栽培、收获。春天地暖荒生，夏天蝉鸣稻熟，秋天果香满园，冬天叶落花枯，他发现大自然什么时候都是兴致勃勃的，一年四季都在给山川草木换各色衣裳，红橙黄绿青蓝紫，园子里从没寂寞过。屈大均心领神会地接受了这份馈赠，自足又自在。

屈大均闲时酿酒。岭南山间多甘泉，四季花果不断，气香色红，正是酿酒的好原料。他在罗浮山上听村人说起，当年东坡曾站在溪边，看村民赤脚踩着水车舂米，磨成白面，用面、米、泉水相合，酿成美酒。这酒有个好听的名字，叫"罗浮春"，东坡把它送给好友邓守安饮用，说是"一杯罗浮春，远饷采薇客"。屈大均在村里酿酒，也是就地取材，他取山间地头次第成熟的花果，酿成各色美酒，春天的仙茅酒，夏天的荔枝酒，秋天的桂花酒，冬天的蒲桃酒，都在屋角的酒瓮里飘香。他还酿百花酒，把各色鲜花投入酒缸，封缸两月，加沉香四两，以发群芳之气。开缸之日，满室山野醇香，邀三五友人聚于草堂，山茶花酒饷客，不亦乐乎。

说到山茶，屈大均也有自己的独创。距春山草堂不远处有老井一口，井水甘洌，他处不及。井边有梨树一棵，树根得清泉滋沃，所产雪梨清甜异常。这棵老树，每年结两次果，二月开花则八月结果，九月开花则正月结果。可屈大均要的是叶子。树上的叶子也落两回，七月的落叶呈深红色，正月的落叶却微紫，他和孩子们在树下捡起落叶，洗净晾干，用来煮茶。水也是从老井中汲来的。腊月里天正寒，屈大均独坐书斋，煮水烹茶，偶尔从书窗望出去，看到那棵老梨树，满树紫红的叶子，夹着簇簇梨花，老枝直伸向天空，很洒脱的样子。

春去秋来，日子就这样过去了。屈大均还在书斋里写着，随写随放进桌旁的竹匣里，书笺堆得越来越高。

康熙二十六年（1687），屈大均的生活有了新变化。这年春天，他从高要的布水村娶回了墨西。布水村距端州不远，村中常年造墨，墨西未出阁时就闻惯了墨香，还跟着母亲长斋绣佛，嫁到屈家，她每日里站在书案前为夫君研墨，看他文思泉涌，挥毫不止，自己也忍不住要来笔墨，在一旁学写小楷。

其实，墨西还像个孩子，灵巧俏皮。不在书房，她就去园子里摘指甲花，把十个手指都涂得红红的。墨西来后，在园子里新种了香花菜，一丛丛地，开着细如米粒的紫色小花。

墨西摘下花枝，在太阳下晾干，再采些翠绿的香茅叶，夹杂着卷好，去送给邻村的好姐妹。一路走过去的时候，空气都是香的。

墨西新嫁，屈大均在院子里种了一株花。岭南之土，适宜嫁接花木。他亲手把辛夷和木兰嫁接在一起。过不了多久，树就开花了，一白一紫，煞是好看。

这一年，春山草堂的竹篱之上，开满了鲜红鲜红的木槿花。太阳一出来，数百朵木槿花一起开放，艳若红绸，在亮绿亮绿的枝叶间，像火焰一样蔓延。中间还夹杂着各色扶桑花，粉红、水红、黄的、紫的，灿若云霞。

从朝到暮，从仲春至仲冬，山间地头，各色草木依时依序本色开放，朝吸露，暮迎风，应和着大地的起伏节奏，兴兴头头地生长着。屈大均和墨西，每日里吃着粗茶淡饭，忙时耕田，闲时种花，日子就像流水一样淌过去了。

我 见 芸 台

我和阮元的神交已经很久很久了。

我在内心里，一直把他当作我前世的一位知己朋友，曾经在冬夜梅花绽放的夜晚，一起品茶、聊天，看月色洒在梅花之上。

我坐在书斋里，慢慢地品读他的《石渠随笔》《小沧浪笔谈·定香亭笔谈》，他的《揅经室集》《石画记》。我感觉他就坐在时空之外，手里捧着一杯六安瓜片，向我细细讲述他在官场之外的种种雅趣，他珍藏的石画、他在茶隐之后写下的文字。这一切都让我澄心静悟，悠然神会。

我喜欢这样的夜谈。我懂这位一生在官场纵横捭阖、全身而退的文官雅士。我知道他作为正统儒家官员的不易和挣扎，我在数百年之后走进他在紧张的官场博弈之外用诗文书画供养的另一方天地，在他的文化后花园里徜徉、寻觅。我打量这一片竹林，竹林之下的茶桌，茶烟还在缭绕，可是阮元已不见了踪影。

我试着去寻觅他的踪迹。

秋天将近、天地间略有秋意的时候，我背起我的旧背囊、挂着我的弯把小雨伞去爬越秀山。想到我有点像夹着蝙蝠伞、脚踏木屐漫游东京的永井荷风，心里就忍不住暗笑。我喜欢这些隐在时空深处的妙人高士，我带着他们的故事漫游，想到他们在世事之外的种种诙谐，嘴角总会浮出会心的微笑。

阳光穿过细叶榕，在地上落下重重叠叠的碎影，野草从古老的城墙夹缝里蹦出，提示着某种隐秘的存在。某个暴雨骤歇的傍晚，我独自一人从山脚走过，树林里满是雨雾，铺天盖地的蝉鸣让我心神荡漾，不知今夕何夕。

恍惚之间，我一步步走回往日的学海堂。虽然在现实中，它早已荡然无存。可是我总想在百丈梯的阶梯上，和那些年轻的学子们迎面相逢，再和他们结伴去启秀山房拜见阮元，一起谈诗弄文，心游万仞。

我抬眼看见阮元正站在镇海楼上极目四望。镇海楼前古木荫翳，绿榕红棉交柯接叶，山鸟欢鸣，松涛阵阵。从城楼上远眺，古城尽收眼底，万户炊烟，鱼鳞层涌，珠江如玉带般绕城而过，远处狮子洋的海浪隐约可闻。这真是一片山海相连、云涛飞泛的福地呀。

尔 雅 可 集

道光四年（1824），身为两广总督的阮元决定在越秀山上建学海堂，为粤人辟一方人文天地。他指派赵均和吴兰修负责修建之事："堂宜敞不宜高，径宜曲不宜直，不尚华夹，只取朴素而已。"

学海堂自道光四年九月动工，历三个月，至十一月建成。

这是改变粤地人文格局的一次重要行动。广州这座城市，迎来了一位真正有底蕴、有品味、有谋略的文化官员，他携带着扬州学派积淀的江南文化精髓，来到偏安海隅的岭南化外之地，试图改变此地的文化基因。这个在清朝宫廷中养成的一代文官，以不温不火的中庸之道、勇猛精进的儒家内功，开始在越秀山巅谋篇布局。

当年的学海堂依山而建，掩映在绿榕红棉之中，共三楹九架。东西南三面环绕深廊，南面开三门，内外洞然。堂后建有启秀山房，东西两楹楹联皆为阮元所撰，东曰："公羊传经，司马记史；白虎德论，雕龙文心。"西曰："此地揽狮海珠江之胜；其人游儒林文苑之间。"他还为学海堂撰写了另外一幅长联："集诸生于山水之间，刚日读经，柔日读史；当秀才以天下自任，处为名士，出为名臣"。这长联蕴含着他以传统文化造士的良苦用心。

这是阮元为岭南学子们精心营造的最高学府。高瞻远瞩的两广总督未雨绸缪，欲集粤地英才于学海堂内，依荫草木，括古搜今，作育国家栋梁之才。

学海堂与越秀山相映生辉。越秀山是一座守护羊城的古山，山上花木丛生，乃"红棉之花十丈，绿榕之阴数亩"之宝地。山林深幽，古树参天，穿行于古树浓荫之下，时时可见汉唐遗迹，越王台上犹闻昔人歌咏。山巅白云初出，清风搅动松涛，学子们登高远望，只见云山层叠，江海环抱，琶洲、虎门近在堂下，心扉自此大开。阮元把学海堂建在越秀山上，正是为了让学子们在山林草木间颐养性灵，仰观天地之大，俯察万物之繁，思古今之旷远，养就浩然之气。

我走在树林深处，四周没有一个人影，只听见风拂过树叶的声音。我想跟随阮元去参加学海堂的雅集，听学子们在山林里，沐浴着月色吟诗，记录下生命中性灵涌动的瞬间。

学海堂的雅集，是和四时节气、山林草木联结在一起的。

春天来了，木棉遍山，垂杨夹路，花木欣然，依依可人，花朝节的十二花神在密林里隐身，学海堂的花朝雅集开始了。路边常见的岭南花卉都成了学子们笔下吟咏的题材，一时间木棉花、素馨花、刺桐花、木芙蓉、木槿花、金钱花、白桃花、玉簪花齐齐绽放于纸上，满堂花醉。

中秋前后，月色如昼，越秀山巅学子云集。秋日雅集的气氛是由月色和菊香搅拌而成的，月色洒在山林之上，静夜清寒，草木微芳，学子们岂能无诗无歌？或挥毫泼墨，或仰天歌咏，或踱步行吟，焚香瀹茗，欢歌达旦。

我坐在古树之下，闭眼怀想当日场景。学海堂的学子们，当他们在日后艰辛繁冗的世务间隙，是否还会想起暮春时节越秀山上举杯擎天的老木棉树，启秀山房里泛着陈旧纸香的书卷册页，学海堂学长们横吞众派的传道授业呢？若瑞草生于嘉运，如林华结于盛时，这是年轻的生命接受人文熏染的原初时光，学海堂的慧光照亮了学子们未来漫长的求索之路。

这一切都与阮元的精心谋划密不可分。这位做过"三朝元老，九省疆臣"的一代名臣，有着非同寻常的文化理想和远见卓识。自乾隆五十四年（1789）考取进士，授翰林院庶吉士后，阮元先后出任山东、浙江学政，浙江、河南、江西巡抚，湖广、两广、云贵总督，历兵部、礼部、户部、工部侍郎，最后拜体仁阁大学士。宦海生涯几十年，他每到一地都兴学教士，奖掖后进，提倡学术，辑刊图书，留下文化种子和传世巨作。梁启超称赞他说："仪征阮芸台（元），任封疆数十年，到处提倡学问，浙江、广东、云南学风皆受其影响。其于学亦实有心得，为达官中之真学者，朱筥河、纪晓岚、毕秋帆辈皆非其比也。"这位"达官中之真学者"，对于经史、小学、天算、舆地、金石、校勘，皆有精深造诣，龚自珍称他是"汇汉宋之全，拓天人之韬，泯华实之辨，总才学之归"的"一代文宗"。以此等才学、功力兴教刻书，阮元自是如履平地、得心应手。督学浙江，修《经籍籑诂》；抚浙，创立诂经精舍；抚江西，刻《十三经注疏》；总督两广，立学海堂，编刻《皇清经解》。《清史稿》赞阮元"身历乾、嘉文物鼎盛之时，主持风会数十年，海内学者奉为山斗焉"。

位高权重的阮元为什么要孜孜不倦地精研学术、兴教育才呢？晚清名臣张之洞的一句话或可揭示答案："世事之明晦，人才之盛衰，其表在政，其里在学。"阮元晚年曾颇为自豪地说："回思数十载，浙粤到黔滇。筹海及镇夷，万绪如云烟。役志在书史，刻书卷三千。"可见在阮元的心目中，其学术成就是重于政绩的。世事浮云，名山不朽，古代像阮元这样身居高位又勤于治学、雅好经史的人物并非特例，名山事业在传统士人的心目中往往重于泰山，他们甘愿为之呕心沥血。

我很庆幸历史上有阮元这样涵养深厚、务实深沉的文化建设者，他从容淡定地在中国文化的重峦叠嶂中穿行，尽心尽力地凿渠开路，举着一盏孤灯在前面引路。我听到文化山林深处的汩汩流水，这是从春秋战国时期的云梦大泽一直流淌而来的一道暗脉，从汉唐流到了明清。

我想跟随阮元穿过学海堂，走回他记忆中的园林。那是他用诗文书画供养的另一方文化天地，他在那里蓄素守中、积蓄能量，进而持火燔而引天光，让文化生生不息……

石渠妙品

阮元这一生中最刻骨铭心的一次文化启蒙，是青年时代在乾隆皇帝的南书房里完成的。

这一年是乾隆五十六年（1791）。乾隆帝命阮元到清宫
内府整理宫中所藏字画，和曾任四库全书馆副总裁的大臣董
诰等一起续编《石渠宝笈》。乾隆皇帝一生雅好丹青书画，
达到痴迷境地，早在乾隆十年（1745），他已命大臣张照、
梁诗正等编成《石渠宝笈》初编四十四卷，当时清宫内府所
藏书画尽列其中。四十六年过去，孜孜不倦、嗜欲极深的乾
隆皇帝又有许多新的斩获，于是《石渠宝笈》的续编工作摆
在了南书房的案头之上。

他选中阮元担纲，可谓慧眼识人。

阮元出生于江南都会扬州。自康熙二十六年（1687）石
涛侨寓扬州始，此地画坛高手云集，"扬州八怪"风靡天下，
暴富的盐商斥巨资搜罗名画。阮元自小生活在这片土地上，
长期耳濡目染形成的品鉴能力已是超乎常人。与此同时，阮
元在扬州接受了正统的儒家科举教育，所交皆是名儒大家。
他十八岁与凌廷堪定交，成为终身挚友。二十三岁结识学者
钱大昕，为忘年之交。扬州诸儒中，与阮元同时或前后的著
名学者有高邮王念孙、王引之父子，宝应刘台拱，兴化任大
椿，江都汪中，甘泉江藩和焦循等人。阮元与他们或师或友，

深得江南文化的深度滋养。乾隆五十四年（1789），二十六岁的阮元得中进士，在京与纪昀、翁方钢、孙星衍、伊秉绶、王念孙、桂馥等交游，同时得恩师朱珪提携，受知于乾隆帝。乾隆皇帝在召见过阮元后感慨："不意朕八旬外复得一人。"

乾隆五十六年（1791）对阮元来说确实是不平常的一年。他年纪轻轻就进入南书房行走，成为了皇帝身边重要的文学侍从，更让阮元惊喜的是，他一脚踏进了明清两代皇帝苦心经营的书画宝库，中国古代最精美绝伦的书画珍品，每日在他的眼前大放宝光，让他时时产生晕眩之感。魏晋隋唐宋元明清或隐或显的绝世高手，每日里和他迎面相遇，引导他品鉴笔墨线条，体味字画后面的无穷意蕴。这真是一个文臣一生不可再遇的梦幻机缘。

我猜想，在此后作为九省疆臣辗转各地为官的漫长岁月里，阮元会时常想起在乾清宫西南面那几间朴素而不起眼的屋子里度过的惊艳时光吧？他的眼前会无数次浮现出那些让人膜拜的珍品，所谓"曾经沧海难为水，除却巫山不是云"，就是这样一种体验吧？

乾隆皇帝字画收藏之富在历史上堪称空前，超过了以往的任何一个皇帝。他从祖父康熙皇帝、父亲雍正皇帝那里继承了大批以罚没方式从罪臣家中缴索的珍贵书画，自己多年不遗余力搜尽奇珍，几次下江南，让民间珍品被迫"献纳"进入内府，历代书画名迹被大规模网罗入藏宫中。

阮元在南书房一脚踏入的就是这样一个让他敛神屏息的文化宝库。在这里度过的时光有着某种不为人知的秘密欢乐。书画养人，自古皆然，何况日日品鉴的是中国历代精品。阮元在他和历代高手悄然对话的时候，体味到智者高士渗进笔墨之中的神秘能量，即便已经过去千百年了，这神秘的能量依然在故纸之上萦绕不散。

阮元边看边随手摘记点评，或品评鉴赏，或辑录题跋，或考证人物，在《石渠宝笈》续编四十卷于乾隆五十八年（1793）六月完成的同时，写下了《石渠随笔》八卷。

数百年的某个深夜，我如阮元展阅画卷一般，细细品读他穿行于宝笈之间写下的这些妙语，倏忽间仿如跃上万仞峰头，看山河大地，春去秋来。

他品咂苏轼《苦雨诗》墨迹："精神采色，勃勃动人，真天上鸿宝，宜其不在人间也。"在他的眼里，苏轼《武昌西山诗帖卷》"墨气浓腴秀发，极磊落沉酣之趣。苏迹极多，正当以此与《黄州寒食诗》为无上妙品"。

他评说倪瓒的山水画："倪画寓清腴于枯淡，元人中别开蹊径者。予尝谓他人山水，使真有其地，皆可游赏。倪则枯树一二株，矮屋一二楹，残山剩水，写入纸幅，固极萧疏淡远之致，设身入其境，则索然意尽矣。"

他独赏唐寅的《琢云图》："秋树坡陀上，一僧独立，坡前惟云气漫漫如海而已。"

他偏爱元代张雨的《自书诗帖册》所录的杂诗五十五首，把诗中妙句一一抄录下来，也许是借此重温他藏于心间的江南记忆吧。"弄水摘花春可怜，风雨倦寻茅步船。我家南坞有灵石，龙井西头无杜鹃。"春雨打落了满树繁花，人坐在乌篷船里听雨，空气里满是湿润的花香，记忆在幽深的宫殿中闪着微光。

书画之上的古人题跋素有锦上添花之妙趣。与诗人相比，画家之妙笔毫不逊色。阮元抄下《恽寿平山水画册》上画家题写在画末的跋文：

蕙丛初齐，芍药将放，忘忧度隙。坐静啸东轩，偶得此册，洗涤研尘，抽毫解衣，运思游娱，成十二帧，聊写我胸中萧寥不平之气。揽者当于象外赏之，勿使牙徽绝弦也。

东轩蕙兰、芍药初放，画家抽毫解衣，运笔如神，这象外之象、景外之景，在阮元的眼前无限延伸，直达宇宙之外。

借阮元的慧眼，我穿过深宫重门，去看清代画家王翚的《唐人诗意长卷》：

凡十二段，其每段布景联络，极有经营。观石谷画卷，此为最畅。其诗意：一、天开斜景遍，山出晚云低；二、畅以沙际雁，兼之云外山；三、野老念牧童，倚杖候荆扉；四、偶然值林叟，谈笑无还期；五、竹喧归浣女，莲动下渔舟；六、松风吹解带，山月照弹琴；七、回瞻山下录，但见牛羊群；八、水回青嶂合，云度绿溪阴；九、烹茶邀上客，看竹到贫家；十、樯出江中树，波连海上山；十一、开轩面场圃，把酒话桑麻；十二、渡头余落日，墟里上孤烟。此卷笔墨圆润，归法巨然为多。大约石谷画圆足苍秀，笔下所包罗者固非一家。外间伪作，千纸万缣，或枯或乱，或薄或拙，皆不足一顾。

这是唐诗描画的山河大地，在王翚的画笔之下如慢镜头一样缓缓展现。野老林叟、牧童莲女穿行于山林田野之间，望朝暾晚云平静度日，从春到夏，远山如黛，嘉树含烟，紧接着万树秋声乍起，渡头落日都染上了秋意。我看见山水和人物交融在一起，四季更迭，溪山映日，幽鸟相逐，月上林梢。某种记忆中熟悉的、贴心贴肺的况味让我的眼睛湿润了。

冬天到了，万峰飞雪，王翚的《雪江图卷》在我的眼前徐徐展开：

画江天雪景，峰横壁立，皆用大斧劈皴，直起直落。主峰远山，略同矾头，冻瀑垂绅，平沙积玉，古寺水楼，有展卷骑驴者。乔松短柏，枯木寒林，极萧森劲挺之趣。幅尾野渡危桥，长樯静泊，草亭一笠，气接乾坤，笔力雄厚，较之石田有过之无不及也。款云："云来气接巫峡长，月出寒通雪山白。补杜诗。己丑九秋望日，画于红叶山庄。"字迹亦苍润，在文、沈之间，洵奇迹也。

吹遍好风千树雪，晚来失却万山青。王翚的知交恽寿平，在好友的《万横香雪》画卷上题下这样美的诗句。这位以画山水花卉独霸画坛的一代宗师还写道："心游古木枯藤上，诗在寒烟野草中。"妙哉！

与天地的对话，与众生的应合，是从诗经时代就已萌芽的文化根脉。元气含于大象，大象隐于无形，中国文化史上最灵慧的传灯者，都深谙个中三昧，并在故纸之上留下了他们参悟的结晶。

深宫寂寂，静水流深。阮元缓缓穿行于诗文书画构筑的文化宫殿中，默会于心。这纸上珍藏的万里江山，如此清空古雅，他几乎能听见纸面上水流花开的声音。

沧浪白莲

接下来，我要跟随阮元，到小沧浪亭里坐坐。

乾隆五十八年（1793）七月，阮元出京，任山东学政。这是他首次外放做地方官员。

他在《小沧浪笔谈》序言中回忆这段时光："余居山左二年，登泰山，观渤海，主祭阙里。又得佳士百余人，录金石千余本。朋辈觞咏，亦颇尽湖山之胜。"

年轻的京官甫抵齐鲁大地、孔孟之乡，心中难免兴奋。这是阮元漫长官场生涯的起点，他在这里遍试各属州府县，选拔贤才，又广交学人骚客，谈诗论词，编刻经史典籍，闲暇时结伴出游，饱览齐鲁山川胜迹。作为清代学养最为深厚的第一流文官，学术生涯和官场生涯的第一站被安排在山东，阮元是深感惬意的。

小沧浪位于大明湖畔。《小沧浪笔谈》开篇即云：

> 小沧浪者，历下明湖西北隅别业，即杜子美所言"北渚"也。鱼鸟沉浮，水木明瑟，白莲弥望，青山向人。至此者，渺然有江湖之思。别业为盐运使阿雨窗所筑。雨窗移任天津，方伯江滋伯领之。方伯移任云南，余乃领之。与学署相距一湖，少暇，即放舟来，读书于此。或避暑竟日，或坐月终夜，笔床茶灶，夷犹其间。鹊华在北，惜为城堞所掩。历山在南，苍翠万状，远望梵宇，小如箱篋。或黑云堆墨，骤雨翻盆，万荷竞响，跳珠溅玉。霎然而霁。残霞雌霓，起于几席，斜日向晚，湖风生凉，皓月转空，疏星落水，鸳鸯鸂鶒，拍拍然不避人也。及其清露湿

衣，仰见参昴，城头落月，大如车轮，是天将曙矣。此境罕有人领之者。

每每读古人文字，总觉得满目生辉，如积海而含万水，其慧光洞天彻地，天地万物在其笔下如精灵般游动，飞花摘叶，俱是文章。数百年后我默然神会其中，如入宝山拾珠掇玉。

我很惊奇，阮元建构的文字世界，与他的官场生涯泾渭分明。在他的私生活领域，他是一位沉浸在诗词曲赋、琴棋书画里的纯粹文人，学养深厚，品味高雅。他的笔在诗书里浸泡已久，提笔即是唐诗宋词之雅韵。他的眼仰观天地之远大，俯瞰万物之生动，大明湖畔的种种风物都一一映现在他的记忆长卷里。

公务之余，他常常坐船去小沧浪。由小沧浪乘舟出发，经北极阁，往西可至南丰祠，祠中人迹罕至，秋藤压廊，闲花绕屋。祠边有北水门，大明湖汇七十二泉之水，从此门泻出。城上有汇波楼，登楼远眺鹊、华两山，青翠相竞，阮元用赵孟頫的松雪图名，题"鹊华秋色"四字匾悬于楼阁之上。

学署中有四照楼，阮元记曰：

山左学署四照楼，乃施愚山所题匾。楼面北，前有清溪一道，自西而东，石桥、板桥各一，以通行者。夹岸槐柳蔽日，红栏逶迤。溪中赤鲤径尺，鳞鬣可数，惟清流太急，不能栽荷耳。楼窗四敞，每当夏日，墙外明湖千亩，荷气欲蒸，与风俱满。冬雪初晴，尤极玉楼银海之趣。

大明湖种白莲数十顷，白莲盛放的时节，荷香弥漫，满湖清幽。

阮元于月夜和友人们游大明湖，舟行白莲之中，月色如银，如入神仙洞府。大家举杯高歌，一阵欢闹之后，满湖静寂。白莲丛中忽然传来隐约人声，有一小舟剪波而来，船中央堆满了新莲嫩藕。阮元和友人们取数根新藕洗净，分而食之。荷香在衣，栖鸟寂寂，一轮明月当空，映在满湖白莲之上，真人间胜景也。

身为山东学政的阮元在大明湖畔度过了出京为官的最初两年。他在学署中的书房名"积古斋"，陈列着他收集来的山左金石数千本。他在此校勘注录，编成《山左金石志》。一生之中，阮元时刻不忘著书立说的初衷。

定香影事

乾隆六十年（1795），阮元调任浙江学政。他回到了他熟悉的江南。

阮元惊喜地发现，浙江杭州这间学使署的西园也有一个大荷池，荷池被竹树密密围拥，池中央有一小亭。入夏后，万荷竞发，清芬袭人。阮元用陆放翁诗"风定池莲自在香"，为之命名曰"定香亭"，并命文笔上佳的幕僚、浙江青田雅士端木国瑚作《定香亭赋》。

在端木君的笔下，这里"疏阴碎地，密翠浮天。绿围虚幌，青护重筵"，是读书著书的绝佳宝地，阮元将带着一众饱学之士在这里"古绿摹文，硬黄拓字"，度过"纸帐搴帏，铜瓶卧褥。品逸于仙，心闲似鹤"的静好时光。阮元读后以诗相赠："谁是齐梁作赋才，定香亭上碧莲开。括苍酒监秦淮海，招得青田白鹤来。"端木国瑚自此被称为"青田一鹤"。

定香亭在西园池中央，由石桥三折而达。阮元给石桥命名为"影桥"，并在《影桥记》中描述影桥之上的自然光影：

> 池中风漪涣然，是有池影；亭倒映于池，是有亭影；亭与桥皆红阑，是有阑影；岸边豆蔓、牵牛子离离然，是有篱影，其树则有女贞、枇杷、桐、柳、榆、谷，其花则有梅、桂、桃、荷、木芙蓉，其草则有竹兰、女萝，是皆有影。每当晓日散采，夕月浮黄，轻云在天，繁星落水，霞围古垣，雪糁幽石，而影皆在桥。鱼跃于下，鸟度于上，蝶乘风于亭午，萤弄光于清夜，而影亦在桥，至若把卷晞发，挈杯携灯，度桥而来者其影无尽，皆可以人之影系之。故余以影名桥，为众影所聚也。

晚凉时分，园中莲花泻露，竹阴沉水，阮元公务之余就坐在亭中校书修书。他在学署自纂《山左金石志》《浙西金石志》《经籍籑诂》《淮海英灵集》《两浙辋轩录》《畴人传》《康熙己未词科摭录》《竹垞小志》《山左诗课》《浙江诗课》诸书。阮元谦虚地自述："（诸书）皆修也，非著也。学臣校士颇多清暇，余无狗马丝竹之好，又不能饮，惟日与书史相近，手披笔抹，虽似繁剧，终不似著书之沈思殚精。"

终其一生，阮元酷爱修书，但身为朝廷高官，处理政务的同时又主持学术活动，殊非易事，以至于后来被嘉庆皇帝责备："阮元不思上紧督绾，每次奏折，仅以虚词搪塞，实属延玩，又思馆修书乎？文章、政治事一理贯通，岂可自弃？"尽管如此，阮元在古代官员里仍属一流的平衡大师，在政事、文事上都有传之后世的不凡建树。

在江南的岁月，对阮元而言，是"为想永和人物，雅宜江左文章"的惬意时光。阮元作为一个地道江南文人的雅趣，在《定香亭笔谈》里展现得淋漓尽致。读《定香亭笔谈》，真有满纸生香之会心快意。

江南的梅花花期很长，从冬天一直开到初春。过富春江数十里，未至桐庐，有一村落，村民以种梅为业，村子里大约有三万株梅树，花开时绵延九里，故名九里洲。在九里洲赏梅，寒香铺天盖地弥漫，如入香雪海中。

秋天到了，阮元一行乘轿过保叔塔后山，沿秦亭山入河渚，泛小舟至茭芦菴。阮元撰文记曰：

数十里中，松竹梢槮，桑麻黄落，豆花瓜蔓，映带秋水，风景迥与西湖不同。庵内古梅二株，枝干横斜，高处檐际，老僧梅屿无俗韵，诗亦清远，与此庵相称。……庵之西里许为秋雪庵，北高峰正当其南，芦田千亩，白英初生。此地荒寒，有隐趣，人罕至者。

阮元写风景，常有"人罕至者"几字出现，真风景解人也。

阮元偶起豪兴，与友人们月夜策马畅游，归来以妙笔记之：

戊午六月既望，予与泰州宫芸栏、元和张渌卿为月夜之游，自金沙策骑过十里松涛，月色浩洁，深林无人，夜鸟相应，至冷泉亭将二更矣。泉声泠然，塔影自直，宿补梅轩，听扬州偶然上人弹琴，接榻小梦，东方达曙而归。

嘉庆三年（1798）秋，阮元去浙返京，定香亭因无人照拂坍塌。四年（1799）冬阮元奉命抚浙，第二年重修定香亭，"水花林木，皆如旧时"，定香亭内的诗酒雅会又重新拉开了序幕。

岭 海 文 心

嘉庆二十二年（1817）十月二十二日，阮元来到广州。他是从湖广总督任上调离，前来担任两广总督兼署广东巡抚的。

这一年，阮元已经五十四岁了。

虽然外夷当前，海防复杂，嘉庆二十二年的广州城，大体上还算是安宁的。自秦汉以来，广州一直是南方福地，从未中断的海外、内陆贸易是其致富之源。乾隆二十二年（1757），清廷仅留广州一口对外通商，十三行行商成为富甲天下的豪商，所谓"银钱堆满十三行"。广州之豪富，臻至顶峰。

上任伊始，政务繁冗。阮元大刀阔斧地处理了一大堆棘手的地方要务。他先是忙于检阅水师、观察外洋及澳门夷市形势，奏建大黄滘、大虎山炮台，加强抵御外敌之海防，严禁鸦片，同时设法诱缉净尽海边小盗船。接着又赶往粤东、粤西、广西等各处阅兵，其间还审断了广西地方大员互相攻讦之案。身负两广总督重责，凡事不敢掉以轻心，好在阮元处世练达，多谋善断，很快就把地方事务理出了头绪。

阮元虽是满腹韬略、处变不惊的清廷大员，辗转数省斡旋地方事务，早已老谋深算，可他也是一介文人，对于诗词歌赋、琴棋书画，都有不俗品位。扬州位于大运河畔、长江边上、东海之滨，盐商汇聚，也是炊金馔玉、肥马轻裘的享乐之城。阮元一到广州，就嗅到了他自小熟悉的商城气味。这座暖热的南国都会，把种种不为岭外人士所知的隐秘魅力和世俗乐趣，在他的眼前一一呈现。

他在这里第一次看到了大如鸟窠的木棉花。镇海楼前的几株老木棉树高达数丈，晨曦罩在赤红的花瓣上，硕大的花朵像一盏盏华灯伸向天空，把天空都要烧红了。一阵风吹过，满山松涛翻涌，红艳艳的木棉花忽然整朵整朵地坠落，铺撒一地。这景象看起来有点惊心动魄，是阮元在小桥流水的江南从没见过的。

初夏时分，荔枝湾里到处泊着遮篷小艇，两岸嘉树成荫，荔枝映水漂红，夹岸野花点缀其间，荔枝湾被四方八面的野香烘染着，真是让人沉醉。荔枝湾畔有好几处园林，比如，邱熙的唐荔园，园内有多株生长了两百余年的老荔枝树，挂果之时，簇簇红云飘满庭院，煞是养眼。园内最有名的是一座竹搭的"攀荔亭"，红荔满枝的时节，卷帘推窗，只见飞红入画屏，绿影侵书几，正是品茗啖荔的好时光。

阮元初来乍到，公务繁忙，抽不出时间到园中赏玩，他在官署里写下《唐荔园》长诗，憧憬荔枝湾畔的写意生活："柴门草阁见青山，雨余五月江深寒。野塘荷气清如兰，白菡萏摇翡翠盘。亭林静寂泉幽潺，况有黑叶垂晶丸。夏游得隐荔树间，春游竹里吟檀乐。"

西关一带，是行商聚居之地。初来乍到，百事缠身。高门宅第里的饮宴酬酢，阮元只是偶尔赴会。他似乎更愿意布衣简从，随意在麻石铺地的街巷里走走。西关的市井生活是由街边的茶楼揭开序幕的，天色微明，茶楼就已人声杂沓，坊间各色人等聚在这里，就着"一盅两件"，谈生意、说八卦，热气腾腾。阮元听不懂这南方土语，不过他知道，这些深眼窝、高颧骨、精瘦微黑的男人，大多是在十三行商馆找营生的，他们会说广式英语，熟悉洋人的习惯和套路，跟洋人做起生意来，轻车熟路。

嘉庆二十三年（1818）年底，阮元奏请纂修《广东通志》。

阮元以学者而任高官，对他周围的学者来说，自有不言而喻的亲和力和凝聚力。有人称阮元幕府为"学人幕府"。阮元督粤时期所聘的四十二名幕宾中，有十四人是粤省以外人士，他们中多数是阮元抚浙幕府的幕宾，因阮元调任而追随到粤省。在粤籍幕宾中，有不少是有功名的学者，如陈昌齐、谢兰生、吴兰修、吴应逵、熊应星、李黼平、林伯桐、刘彬华等。他们都是慕阮元之名而参加其幕府的。这四十二名幕宾中的二十六人，是阮元为重修《广东通志》而聘用的。

阮元于嘉庆二十四年（1819）初设立志局，正式开始重纂《广东通志》。阮元任总裁，总纂为陈昌齐、刘彬华、江藩、谢兰生，总校刊为叶梦龙。历来官修史志，监修者大多以官位挂名，阮元则不同，从体例结构、脚本选定到成员选用、经费筹措皆亲力亲为，从根本上保证了成书质量。

道光二年（1822）三月二十八日，《广东通志》告竣。对于阮元领衔重修《广东通志》，梁启超如此评价："以学者而任封圻，又当承平之秋，吏事稀简，门生故吏通学者多，对于修志事自身有兴味，手定义例，妙选人才分任而自总其成，故成绩斐然也。"

道光四年（1824）十二月，学海堂落成。阮元集两广英才于越秀山巅，赓续文脉，弦歌不绝。

道光五年（1825）八月，阮元主持编刻《皇清经解》。此书集清代儒家经学经解之大成，是对乾嘉学术的一次全面总结。道光九年（1829）九月，全书辑刻完毕，凡一千四百余卷，藏版于学海堂文澜阁内。

茶 隐 之 局

我追随阮元的脚步，来到学海堂的长廊前。在袅袅的茶烟中，我看见阮元安坐堂前，静默无语。春天的山林里，绿榕青松都已苍老，枝干虬结，却长出了满树的新叶，老干新枝，生生不息。

阮元正在静静地品茶。他喝的是江南的龙井茶，有他熟悉的回甘。远处的狮子洋上，海浪奔涌，风帆叶叶。

这是道光五年（1825）的正月二十。这一天是阮元六十二岁的生日。每年的生日，他都闭门谢客，另找幽静之地茶隐。这一次，他选择了学海堂。

学海堂内，古卷层叠，到处散发着陈旧的书香。这是阮元最熟悉的气息。他在这里手捧一杯清茶，内心安然静定。他喜欢这样的茶隐时光。

一杯清茶，无穷远意。透过茶烟，他看世事如浮云掠过，诗文书画却在学海堂里熠熠生辉，长存不灭。

他信笔写下《正月二十日学海堂茶隐》：

> 又向山堂自煮茶，木棉花下见桃花。
> 地偏心远聊为隐，海阔天空不受遮。
> 儒士有林真古茂，文人同苑最清华。
> 六班千片新芽绿，可是春前白傅家。

阮元的睿智和深沉，都沉淀在了这杯清茶里。官场的纵横捭阖之外，他用心构筑了他的文化后花园。世事之外的这方天地，寄寓着他的文心和远见，也让他的个体生命得到了源源不绝的滋养。

二十余年后的道光二十五年（1845），阮元已经八十二岁了，依然心心念念他的"茶隐"一生：

> 乾隆癸丑，臣三十岁，正月茶宴，赐御题杜琼

《溪山瑞雪》一轴。御笔题云："雪景溪山写杜琼，玉为世界不孤名。老翁驴背循溪路，输与凭窗望者情。"……至臣四十岁时浙江巡抚任内，凡寿日皆茶隐于外。五十隐于漕舟，六十隐于兼粤抚之竹林，七十在黔溪雪舟中，终身避此哗嚣之境。及今八十二岁，茶隐于长芦庵，巧遇溪山瑞雪之景，是六十年前圣人随手分赐之件，即定臣终身茶隐之局。

"三朝阁老，九省疆臣"的阮元，最爱的还是回到江南的水乡，在溪山瑞雪之中，静静地喝一杯自己亲手冲泡的绿茶，细细擘画他的"茶隐之局"。

旧 墨 记

我翻开这些尘封的书卷、册页、卷轴。陈旧的、带着霉味的气息慢慢在屋子里弥散开来。我看见故纸的主人们在历史的残垣断壁间一晃而过，没有回过头来。

日月潜光，山川回转，天地无言，万物发生。他们其实一直都在那儿，寂尔无声，隐显千端。我打量他们留下的旧墨残笺，就如暮春时节走在山林深处，满地落花随风卷舒，忽见一道孤光从密林间直射下来，发露着旧境消息。正所谓：意笔纵横，心灯照耀。风柯之响，密可传心。

伊 秉 绶

伊秉绶的好，是天寒时走进一座老庙，看见桥边一株老梅，枝干虬结，树上却不见花。

枯笔之中，暗蕴千钧之力，生机盎然。

伊秉绶曾在扇面上题诗："生性禁寒又占春，小桥流水悟前因。一枝乍放雪初霁，不负明月能几人。"画的是墨梅，一枝乍放，冷月辉映，是另一种情境。

字好到可入逸品，题的诗句自然高妙。比如，灯光深竹里，夜气小山前。又如，立脚怕随流俗转，居心学到古人难。

他把如椽巨笔探进文海之中，趁笔酣墨饱之时一挥而就："从来多古意，可以赋新诗。"

这十个字，说的是他的书法之道。他的字，远看像一个忠厚稳重的托孤老臣，端服而坐，不动声色，一派儒家风范。细品之下，其实暗藏新意和深意。这新意和深意从何而来？

看伊氏隶书，忍不住想起傅山。这位著名的晚明遗民是个倔老头，爱喝酒，爱骂人，见了庸人不理，不耐烦，更不耐俗，自称"处乱世无事可做，只一事可做，吃了独参汤，烧沉香，读古书，如此饿死，殊不怨尤也"。他的倔劲从家门口的自撰联就可看出："清风吹不到，明月来相照。"他骂钱谦益之流是"奴儒"，痛恨赵孟頫的流丽软媚，在书法上提倡"宁拙毋巧，宁丑毋媚，宁支离毋轻滑，宁直率毋安排"，对后代书家影响甚深。

伊秉绶没有傅山那么激进、叛逆，他是藏柔于刚、藏巧于拙、藏奇于正、藏细于粗、藏圆于方，讲究的是儒家的"中和"之美。他的字平正朴拙，气息高古，境界非俗人可比，功力也非凡人可为。谢章铤《睹棋山庄词话》载："墨卿每朝起学笔画数十百圈，自小累大，至匀圆为度。盖谓能是，则作书腕自健。"他早年除勤练腕力、临习历代各种碑帖外，更勤读经史子集，于儒释道三家广为涉猎，至中年以后则谢浮念，与僧为友，喜谈禅学，晚年致力于心性之学。作为"汇儒释于寸心，穷天人于尺素"的一代大家，落笔自是不凡。按沙孟海的说法是，"他的作品无体不佳，一落笔就和别人家分出仙凡的境界"。

伊秉绶在书法上其实是暗应了傅山的"革命"精神的。他的隶书了无俗格，古拙大器，执传统之一端而极化，实为大智慧。康有为《广艺舟双楫》谓："汀洲精于八分，以其八分为真书，师仿《吊比干文》，瘦劲独绝。"而伊氏的夫子自道是："方正、奇肆、恣纵、更易、减省、虚实、肥瘦，毫端变幻，出乎腕下；应和、凝神、造意，莫可忘拙。"因了此种精深功夫，伊氏隶书做匾额、楹联更是纵横有力、气象万千，悬挂壁间则异常壮观，梁章钜《退庵随笔》评："能拓汉隶而大之，愈大愈壮。"丝毫不逊色于摩崖石刻。

伊氏隶书，看似平正朴拙，内蕴清闲高远，远观如黄河之水天上来，浩浩荡荡，横无涯际，有书家评曰："其笔画粗处，如中流砥柱，直插霄汉；其笔画细处，如垂柳拂面，清新可人；其笔画紧凑处，如高墙列阵，密布森严；其笔画宽松处，如平沙落雁、辽远空阔。"在不变中求变，在同中求不同，伊秉绶的创新不显山露水，需会心品评，方可体悟此种大智若愚、大巧若拙之美。

能写出这样的好字，伊秉绶的境界自是非同寻常。他在扬州平山堂上题句："应有些逸兴雅怀，才领得廿四桥头箫声月色。"这位"有些逸兴雅怀"的高人，做起官来却很务实、敢作为，政声远扬，深受百姓爱戴。嘉庆十二年（1807），伊秉绶因父丧去官奉棺回乡，扬州数万市民泣泪送别。嘉庆二十年（1815），在家乡宁化守制八年的伊秉绶重返扬州，却不幸病逝于此。扬州人在当地"三贤祠"（祀欧阳修、苏轼、王士祯三人之祠）中并祀伊秉绶，改称"四贤祠"。《芜城怀旧录》载："扬州太守代有名贤，清乾嘉时，汀州伊墨卿太守为最著，风流文采，惠政及民，与欧阳永叔、苏东坡先后媲美，乡人士称道不衰，奉祀之贤祠载酒堂。"

伊秉绶一生在两地做官最久，一是惠州，一是扬州。在惠州，他重建丰湖书院，重修白鹤峰苏东坡故居和朝云墓，被士林传为风雅盛事。一次，他到肇庆端溪，随砚工一起下到四十多丈深的坑洞，点着篝火采砚石。终于采得一块罕见的佳石，他在石头上刻字："留与子孙耕，汀州伊秉绶题。"折身而返。

伊秉绶知道："石不能语最解人。"字亦如此。

梁鼎芬

古人手札，处处可见人情物意之美。比如，王羲之的《奉橘帖》："奉橘三百枚，霜未降，未可多得。"又如，胡介的《与康小范》："笋茶奉敬，素交淡泊，所能与有道共者，草木之味耳。"草木之味、四时佳兴与浅语温言搅拌在一起，用纸墨包裹着，在某个早上送进书房来。良友，新茶，还有窗外的好天色，这样的时光过得越慢越好。

说到信札，晚清岭南名士梁鼎芬就因善作文情并盛之短札见称于时。某年冬天大雪，他修书一封给好友吴子修：

"门外大雪一尺，门内衰病一翁。寒鸦三两声，旧书一二种。公谓此时枯寂否，此人枯寂否？"寒天大雪，独处枯寂，想想"寒夜客来茶当酒，竹炉汤沸火初红"的妙趣，忍不住就要给老友写信了。

梁鼎芬给缪荃孙的书札更是满纸妙墨，寒来暑往，春去秋来，皆有花影琴音留于纸上。春天与友人骤别，他怅然提笔："天涯相聚，又当乖离，临分惘惘。别后十二到朱雀桥，梅犹有花，春色弥丽。"到了秋天，他殷殷问讯："秋意渐佳吟兴如何？"冬天的信最是佳妙："寒天奉书，一室皆春气矣。"

据说梁鼎芬头大身矮，须眉如戟，相貌一点也不清秀，可他一管在手之时，却是素心如织，妙语绵绵。捧读这样的信笺，真是"一室皆春气矣"。

梁鼎芬的手札兼具书法之美。梁氏书法早年近黄、柳，中年自成一家，细筋入骨，瘦劲古雅，透逸之气，扑人眉宇。梁对自己的书法也颇自矜。王森然记一细节："先生善书，每作短札，一事一纸，若数十事则数十纸，且于起讫处，盖用图章。或问之，佻然曰：'我备异日珍贵者之裱为手卷册页耳。'"

梁当年在张之洞幕下，座中皆是英豪，他与同为幕僚的杨守敬、沈曾植、郑孝胥皆为书法大家，彼此诗酒酬唱，切磋技艺，留下不少手札。梁鼎芬给杨守敬的短简云："羊头已烂，不携小真书手卷来，不得吃也。"吃炖羊头，品小真书，前贤真趣，读来让人神往。

有性情的人多是有故事的人，有故事的人方可写出有意味的信札。梁鼎芬在晚清群臣之中，是故事多多的人。鼎芬自幼有"神童"之誉，乃岭南大儒陈澧的得意门生，少年得志，中进士，入翰林，可谓"皇恩浩荡"，故而发誓要做"骨鲠之臣"。他在晚清政坛上屡有惊人之举。

第一次是在光绪十年（1884）五月，梁鼎芬上书弹劾在中法战争中一味主和的北洋大臣李鸿章，斥其辱国投降，犯六款可杀之罪，请明正典刑，以谢天下。慈禧大怒，将他连降五级，任太常寺司乐，成为空前绝后的"从九品翰林"。梁一气之下，自镌一方"年二十七罢官"小印，收拾包袱，回广东老家了。

《清史稿·梁鼎芬传》详细记述了梁的第二次惊人之举：

三十二年，入觐，面劾庆亲王奕劻通赇赂，请月给银三万两以养其廉。又劾直隶总督袁世凯"权谋迈众，城府阻深，能诒人又能用人，自得奕劻之助，其权威遂为我朝二百年来满、汉疆臣所未有，引用私党，布满要津。我皇太后、皇上或未尽知，臣但有一日之官，即尽一日之心。言尽有泪，泪尽有血。奕劻、世凯若仍不悛，臣当随时奏劾，以报天恩"。诏诃责，引疾乞退。

梁鼎芬再次挂冠而去，躲进江苏镇江焦山海西庵内闭门读书去了。

梁鼎芬性格奇异，集维新与保守于一身。他曾于张之洞幕下主持《时务报》，倡导变革，但对清廷之愚忠也可说是举世无匹。光绪三十四年（1908），慈禧太后与光绪帝相继西归，鼎芬如丧考妣，效"寝苫枕块，麻冠麻衣"古制，专程北上哭灵。光绪帝入葬时，鼎芬随棺椁入地宫，一路嚎啕大哭，不思回返，声言愿为先帝陪葬，后被随从强行背出地宫方才作罢。

民国二年（1913），隆裕太后死，鼎芬参与"奉安"崇陵，为崇陵工程劝募巨款而四处奔走。他在琉璃厂订制瓷瓶二百，命家人在崇陵取雪水装瓶密封，亲自到各前清遗老和旧臣府上赠雪并化缘，痛说崇陵窘况，乞得善款，全部用于采购松柏树苗，植于崇陵，日夕荷锄浇灌，成活者达十余万株。达成此愿后，鼎芬于返乡途中，经过崇陵右侧一座小山，逡巡良久，不忍离去，遂嘱托家人买下此地。1919年，鼎芬郁郁而终，得葬于此，实现了他永远为光绪守陵之愿，死后由亡清赐谥"文忠"。

被清廷罢官之后，梁鼎芬追随张之洞长达十五年之久，从广州至南京，再至武汉，成为之洞手下最为得力的幕僚，其业绩如《清史稿·梁鼎芬传》所云："之洞锐行新政，学堂林立，言学事惟鼎芬是任。"张之洞对鼎芬有此知遇之言："节庵乃盘根错节之人，中怀郁愤，故其为人能沉着而有毅力，譬之于诗，必穷而后能工。我之所以对他抱有期望者，正在于此。"鼎芬对之洞更是感恩戴德，引为知己。戊戌变法中，鼎芬为之洞出谋划策，多方周旋，之洞得以免遭大祸。之洞死后，鼎芬亲至张氏故里南皮双庙村送殡，发丧途中，他一路步行，痛哭不止。此后，每乘坐火车路过南皮，鼎芬必躬身向东而立，向之洞致哀默祷。驶出南皮县境之后，方复落座。

梁鼎芬出身书香世家，一生在多地执掌书院，酷爱藏书。

他在广州筑藏书楼葵霜阁。徐信符《广东藏书纪事诗》载："节庵掌教端溪，创设'书库'；掌教丰湖，创设'书藏'；掌教广雅，扩充'冠冕楼'；游镇江，又捐书焦山书藏。所至之地，均倡导藏书。"

纵是驰骋江湖，壮心不已，梁鼎芬静思往事时，也有一声长叹："零落雨中花，旧梦惊回栖凤宅；绸缪天下事，壮心销尽食鱼斋。"梁鼎芬娶的龚姓才女有艳名，善倚声，是梁鼎芬乡试房师龚镇湘的侄女。他们婚后在京城的新居题名"栖凤苑"。好友文廷式常登门拜访，竟与龚夫人暗生情愫。梁鼎芬辞官到镇江焦山海西庵闭门读书，把龚夫人托给文廷式照顾，龚夫人竟大胆跟了文廷式回江西过日子。故事的结尾更是耐人寻味：文廷式死后，龚氏生活拮据，鼎芬时任武昌知府，龚氏便到武昌向鼎芬求助。鼎芬在食鱼斋里公服出迎，寒暄问候，将三千两银票压于茶杯之下，端茶送客，龚氏收讫，鼎芬恭送如前。

这样的故事真让人无言。梁鼎芬一生写过那么多绵邈清逸的信札，在"旧梦惊回栖凤宅"的飘摇时光里，可曾给夫人写下过片言只语？这是不得而知的。倒是文廷式留下一首《蝶恋花》，有"重叠泪痕缄锦字，人生只有情难死"之句。

叶恭绰批曰："沉痛。"

邓 芬

在一个热闹、积极的年代，温习一个消极的老故事，是件不合时宜的事。不过，不合时宜，也许并非坏事或缺点。这一点，故事的主人公邓芬是深谙个中三昧的。

邓芬出身华腴，父辈之中多有奇士。邓父好客，家中常备午膳款待客人，邓芬从小就在饭席间嬉戏，看长辈吟诗作画、操缦唱曲。画家吴筱云和董一夔常于饭后联手作画，还未开蒙的邓芬每日里耳濡目染，有时还拿着白纸请董氏画人物画，看得多了，眼界渐高。家中常有伶人登门，邓芬听熟戏文，渐能作曲。

邓芬成年后家道中落，他游走人间，渐觉人生如梦，平生唯好交友，遍交天下名士豪侠、优伶歌妓和屠沽之辈。他在自述中写道："流浪大江南北，幽燕、辽金、兰甘、汴陕、康疆、滇桂，南游北婆罗洲、石叻、泗水、巴里、海洋洲一带。新知旧好，中西同道，指计老辈时流，半生交谊者百千人，为师为友，获益实深，收受众长，无敢或忘。"

邓芬翩翩年少，风流倜傥，常流连于珠江画舫之上，辗转于舞榭歌台之间，当时他在广东省财政厅任职，同事对邓芬长期和"戏子"交往，颇有微言，羞与邓芬为伍。邓芬于是辞去所有职务，从此不再踏足官场，彻底做了一个"消极"的人。只是此"消极"非同彼"消极"。旧式的"消极"，是以琴棋书画作伴，终日里逍遥逸乐，品咂玩味，某一日灵感忽至，着笔即成妙品。邓芬大体就是这样一个"消极"的人。

他写《梦觉红楼》给红伶徐柳仙演唱，轰动一时。徐柳仙轻启朱唇，声动四方："霜钟破晓侵罗帐。一枕香销，重帘影隔，昨宵无奈，娟娟明月窥人犹在东墙。念前期，银烛夜深，画屏秋冷，客馆添惆怅。鸳鸯独宿何曾惯，人生如寄，温柔不住，住何乡。"邓芬在台下击节长叹：是呀，人生如寄，温柔不住，住何乡？

据说《梦觉红楼》是邓芬当年一字一句示范教唱给徐柳仙的，故徐柳仙一直视邓芬为师。1949年6月，她去澳门藕丝孔居探访流寓于此的邓芬，晤谈竟夜，邓芬兴致颇高，为她画《对镜簪花图》，还绘《秋院停琴》送给徐柳仙的丈夫文乐之。

邓芬与另一粤剧名伶薛觉先也有深交。邓芬早年于薛有恩,某晚大戏收锣后,薛觉先邀邓芬到中央酒店七楼的金城酒家宵夜,他见邓芬囊中如洗,于是在席间向邓芬致送港币五十元作日常的花费,当时一个教师的月薪只是二三十元,邓芬接下后也不说一句话,及后两人步入电梯下楼,邓在电梯中如数将五十元付给驾电梯的女郎,笑说"请你饮茶"。

邓芬曾代表广东画界出席在上海举办的第一届全国美展,周旋于芸芸俊彦间。据金石书法名家冯康侯忆述,邓芬在一次雅集中即席提笔,在宣纸上快速画了十四只手,画法变化莫测,旁若无人,待加上衣折时,众人始知是"竹林七贤图",博得全场叹服,从此名扬上海。上海大亨杜月笙怜其才,叮嘱司库若邓芬取金,如数奉之。于是邓芬三日一小宴,五日一大宴,招集全国画家共醉醇醪,风头之劲,一时无两。

也许就是在这种不受羁绊、天马行空的状态中,邓芬才可在画纸上酣畅淋漓地挥洒才情,画出那么多让人倾倒的好画。邓芬喜欢画美人,笔下美人风姿绰约,线条细致优美有如流水行云。他擅长把中国古代文人的日常生活趣味融入画中。画中美人,品茶、文会、赏雪、采莲、吹箫、弄琴、听雨、玩古、摹帖、提灯、扑蝶、下棋、赏月、梳妆、歌舞、称觞，千姿百态，美不胜收。他也画古人高士、罗汉道士、佛像僧人，线条勾画，一笔到底，对于面相及造型亦有深入考究，笔墨豪迈，自成格调。邓芬的人物画带有明人风采，亦效法梁楷，他先以淡墨勾勒头部轮廓，其次是胸部，再次是脚部之衣纹，用笔时手指转动笔杆，令其沉实，然后才以浓墨整理，最后补景，故其画作浓淡相间，极富动感和风韵。

邓芬这样一个消极的人，一辈子倒也活得自由自在，无拘无束，他留在纸上的墨影画痕，其实是很高妙的。只是大江东去浪淘尽，千古风流人物，都立潮头之上。消极的人被时代遗忘，也是情理之中的事。据说上海朵云轩还藏有邓芬的两页信笺，都有浅浅的底纹，一张是晋朝砖文雕刻，是圆形的汉货泉范花样，一张是木版水印花样，花样浮在绵软泛黄的素笺之上，让人想起那些旧时光。邓芬留在纸上的妙墨，似乎并没有随着时代的潮起潮落，消褪本色。

叶恭绰

叶恭绰是一代名士。既为名士，一生总是会奇峰迭起，蓦然回首之时，处处可见奇山异水。又是民国年间人士，得了最后一缕翰墨书香的浸润，故事里有文化故国的夕阳笼罩，品咂起来自然另有一番苦涩滋味。

叶恭绰少年得志，一生在政治舞台上长袖善舞。他经历了晚清、北洋政府、国民政府、新中国四朝，历任交通部长、交通银行总经理、财政部长等职，在铁路交通、金融、财政管理方面卓有建树。上世纪三十年代，叶恭绰退出政界，隐居京沪，巍然为一时名流。他精于词学，富于收藏，庋藏遍涉书画、珍版、宣炉、古尺、名墨、印章、砚台、笺纸、古泉、竹刻等，声著一时，搜求文献、保护古物更是不遗余力。叶氏在《四十年求知的经过》一文中亦自述道："余对文艺艺术，本有先天之遗传，故书画、古物之鉴别，似颇具只眼。……此外，土、木、竹、骨、玉、石、漆之雕刻、抟塑、丝、棉、麻之织绣，音乐、戏剧、歌谣、金石、碑帖、建筑、营造、诗歌、词曲、篆隶真草，虽未敢云悉有心得，亦庶几具体而微。"

在政界浮沉多年，叶恭绰深感江湖羁旅一如云烟过往，乃潜心修持佛学。民国十五年（1926）他与施肇基、简玉阶等人成立佛教净业社，弘扬佛法。他先后襄助欧阳竟无设办支那内学院、谛闲法师建观宗学社、倓虚法师建青岛湛山寺，改建保圣寺，成立上海法宝图书馆，发起影印《续藏经》《碛砂藏》及《宋藏遗珍》等佛籍，可谓功德盈掬。

进可为达官，退亦一名士。叶恭绰闲居京沪，广交文人雅士、硕学鸿儒，亦曾安享过一段云淡风轻的闲逸时光。鹤园位于苏州韩家巷，园内竹石花木环池而布，主厅"携鹤草堂"在北，南有"枕流漱石"隔水相对，池水似鉴，修廊如虹。叶恭绰与梅兰芳、张大千、张善子、吴梅、张紫东等常在园中吹竹弹丝，飞觞呼卢，鹤园曲会盛极一时。叶恭绰与张大千交情尤深。大千晚年撰文云："先生因谓予曰：'人物画一脉自吴道玄、李公麟后成绝响，仇实父失之软媚，陈老莲失之诡谲，有清三百年，更无一人焉。'力劝予弃山水花竹，专精人物，振此颓风；厥后西去流沙，寝馈于莫高、榆林两石室近三年，临摹魏、隋、唐、宋壁画几三百帧，皆先生启之也。"张大千弃山水花竹专攻人物，远去敦煌取经并有大成，叶恭绰启迪导引之功不可没。

民国廿九年（1940）1月，身兼中英庚款董事会董事的叶恭绰，见兵燹不断，书厄接踵，古籍损毁严重，大量外流，于是和蒋复璁等组成"文献保存同志会"，搜购善本古籍，以免落入日人之手。这一抢救工作，由张元济提供搜书咨询，郑振铎与书商及藏书家接洽，张寿镛审定版本与价格，何炳松负责经费收支兼保管、编目，张凤举参与采访，叶恭绰负责搜购香港古籍及转运工作，故宫博物院古物馆馆长徐鸿宝跋涉沪港两地协助工作。虽日人不断干扰，安徽刘世珩玉海堂、广东莫伯骥五十万卷楼、江宁邓氏群碧楼、嘉兴沈氏海日楼、常熟瞿氏铁琴铜剑楼、庐江刘氏远碧楼，及浙江吴兴刘氏嘉业堂、张氏适园等的珍本古籍大都购得，收归国有，存放上海、香港及重庆三处。民国三十年（1941）12月太平洋战事爆发，上海局势动荡，搜购行动暂停，短短两年间，求之坊肆、藏家，得善本四千八百六十四部，四万八千余册，其他线装书一万一千多部，可称丰硕。

同年，叶恭绰在香港牵头组织"广东文物展览会"，并撰《广东文物展览会缘起》一文刊于报端："古都乔木，南海明珠，言念流风，蔚为大国；高山仰止，景行维贤，剩馥残膏，都成馨逸矣……烽烟遍野，市井为墟，人竞流亡，劫同水火……凡先民手泽之所留，皆民族精神之所寄。允宜及时采集，共策保存，一以表文献之菁华，一以动群伦之观感。"叶氏风骨情怀由此可窥。"广东文物展览会"轰动一时，规模空前绝后，省港文化名流均出其秘藏以供展览，一时广东文物蔚为大观，令人惊叹流连。这与叶恭绰在岭南鸿儒宿耆之中的威望和号召力是分不开的。

叶氏在抗战期间屡有壮举。日人欲从他手中强夺国宝毛公鼎，把他视为己出的侄子叶公超抓去严刑拷打，叶公超从始至终不吐一字，日人终不可得。毛公鼎今日作为台北故宫博物院的镇馆之宝，安置橱内，静默生辉，也铭刻着叶氏叔侄二人在危难之时的高义侠行。

叶恭绰逝于1968年"文革"期间，生前遭多次抄家，所藏文物图书片楮无存。他一生雄才大略，风骨嶙峋，从位居要津到饮恨而逝，从名器满箧到"文革"中被清光算尽，以诗文寄情、佛法澄心的文人宿愿，也在大乱之中化为泡影，正应了佛经中的那个"空"字。

1979年落实政策发还抄家物品时，他惟一的女儿叶崇范远在加拿大，人没有回来，只捎回来一句话："什么东西都不要了，连灯草胡同自家的房子也不要了。"

可 园 清 芬

去可园的时候是在初春时节。印象最深的是满园硕大的芭蕉叶，深绿的叶片里迸出嫩得近乎透明的新叶，被池塘的水光映射着，莹润如玉。满园的花木馨香和暖热的地气杂糅在一起，氤氲成某种让人恍惚的气氛。园中水流花静，草木欣然，虽然过了一百余年，这园子依然能量充沛，到处留存着园主曾经在这里好好活过的信物、印记。

可园主人张敬修是一介武官，常年戎马倥偬，与太平军厮杀角力。他曾经在庆远、百色、平乐、柳州、梧州、思恩、浔洲等地做官，官至广西按察使、江西按察使等职。张敬修虽为武将，骨子里却是个文人。他工诗词，善画梅兰，好金石名琴，著有《可园剩草》，可惜佚失了。后人为他辑有《可园遗稿》。

他一生中最为后人津津乐道的一件事，是他建造了一座花木葱茏的岭南名园——可园。他请"二居"安住可园之中，静心习画，成就了岭南画派的一代宗师。居巢从道光二十五年（1845）起，随侍张敬修于军中。约在道光二十八年（1848），二十岁的居廉也随居巢赴广西张敬修营中。常年以来，"二居"充任的是张敬修幕僚的角色。

张敬修是从道光二十八年开始建造可园的，他在宦海的起起落落中抽暇营建这座园林，至咸丰五年（1855），可园已具规模。也就在这一年，居巢、居廉搬进可园居住，这一住就是十年。

这是一座有意趣的园子。它和优雅精致的江南园林不同。这里是岭南，离大海不远，清冷的时光有限，大部分日子里，太阳都兴致勃勃地高悬天空，把草木滋养得郁郁葱葱，花团锦簇。太阳初起，张敬修站在园中最高的可楼之上，四面轩窗迎风，花气袭人，远山近水尽收眼底。他返回书房，欣然命笔：

凡远近诸山，若黄旗、莲花、南香、罗浮，以及支延蔓衍者，莫不奔赴，环立于烟树出没之中，沙鸟江帆，去来于笔砚几席之上。劳劳万象，咸娱静观，莫得遁隐！盖至是，则山河大地，举可私而有之。

毕竟是战场上驰骋过的武将，舞文弄墨时也是豪情万丈。但他经营可园时，却是精雕细琢，一园一亭，一草一木，皆有巧思。

很多年以后，居廉依然记得夏天在擘红小榭品荔的情景。擘红小榭建在荔枝丛中，为的是品荔时保持果味新醇，据说离枝的荔枝，其色香味稍迟则变，就树品尝，乃岭南土俗。炎夏时节，新蝉初鸣，茉莉和玉兰的幽香在满园花木中氤氲，园子里数百棵荔枝树缀满红果。张敬修邀来四方名士，就近在园子里摘下荔枝，盛满瓷盘，摆在擘红小榭的石桌上。诗人们在亭子里一边品荔，一边吟诗作画。可园虽雅致闲静，也被荔枝树上的片片红云点染得蓬勃热烈。居廉在可园的花木丛中穿行，看阳光一点点渗进花蕊叶脉之中，光影变化中的草木情状被他刻印于记忆深处，在其后漫长的绘画生涯里，被他一一描摹于画纸之上。

张敬修最爱兰花。可堂门前筑有四方高台，名"滋树台"，是专门用来养兰的。养兰以面面通风为第一要义，张敬修深谙个中诀窍。兰花浇水须在晨曦未出之前，或在黄昏日落以后。晨光熹微，张敬修从可堂踱进园中，滋树台上的几十盆兰花夜里饮足了清露，枝叶亮绿，花送冷香。满园惠风和畅，地气升腾。他摘下兰花数朵，让仆人做成蜜渍兰花，用来点茶。冬日闲静，他和居巢居廉坐在可堂之上品茗。一壶清茶，点以兰花几朵，兰花浮在热气之中，花瓣舒展，鲜如初摘。居巢居廉铺开纸墨，对景写兰。

岭南地暖，花到岭南无月令，不按时序怒放。梅花十月间赶在菊花之前开放了，菊花自初秋一直开到正月，五月荷塘怒放的芙蕖，至冬依然清香四溢。这是岭南的佳绝之处。可园广植花木，园中桃榔、蒲葵、木棉、玉兰、芒果、荔枝、龙眼，各色花木接二连三或开花或结果，太阳一出来，到处花气袭人，果香扑鼻。

岭南花事尤盛于秋冬。十月刚过，岭北一片萧瑟，岭南却是花事繁盛。菊花怒放，与满园幽兰遥相呼应。梅花早早就绽开了花苞，红梅、白梅开满枝头，一阵风过，花瓣飘落湖面，挟来阵阵冷香。雁来红，以雁来时开放得名，至秋深时茎叶皆红，点染得满园灿烂。到了数九寒冬，水仙登场，叶片葱绿，花苞嫩黄，从初冬一直怒放到来年元宵。如此蓬勃热烈的花事从初秋一直绵延到初春，至三月阳春，渐渐谢幕，花木开始结果，可园准备迎接初夏的来临了。芒果、荔枝、龙眼很快就果实累累了。可园的池塘堤岸多植水松，花木亦喜向水而生，湖面四季树影婆娑，自成一景。

草木润秀，鸟鸣花开，有如此良园美景，可园自然是四时高朋满座，诗酒酬唱不断。东莞名士简士良有《可园赏梅呈德翁》赠园主："好从香海摹诗格，漫向山村问酒家。修到此生宜此地，主人风味最清华。"

可园中有绿绮楼，因藏有绿绮台琴而得名。绿绮台琴制作于唐武德年间，明末被南海诗人邝湛若购得。他蓄有两张名琴，另一张曰"南风"。南明永历四年（1650）广州城破，湛若在自己的书斋海雪堂内，以二琴及宝剑、怀素真迹等环置左右，啸歌待死，被清兵杀害。此琴被清兵拿到街上售卖，被叶梦熊之孙叶维城重金购得，藏于惠州家中。某日叶维城约屈大均等泛舟西湖，捧出绿绮台琴，屈大均抚琴流涕，长歌哭之。之后这张名琴辗转流落，落入可园。张敬修专筑绿绮楼来贮琴，甚为宝重。

雨余窗竹琴书润，风过瓶梅笔砚香。张敬修和亲友们在可园度过的时光是静逸舒心的。只是草无忘忧之意，花无长乐之心，最美的时光总是转瞬即逝。同治三年（1864）正月，时年四十二岁的张敬修卒于可园。同年居巢、居廉返回家乡隔山村，另筑十香园课徒作画，延续可园清芬。

康 园 惊 梦

　　光绪二十四年八月初六（1898 年 9 月 21 日），慈禧太后发动戊戌政变。两天后，康有为在广州的家被抄。《申报》载："钦犯康有为住宅，系在省城对河芳村地方，初八晚夜深时，其眷属忽然逃遁无踪，村人无不惊异。翌晨，即有番禺县差役多人到彼查拿，时全家已踪影杳然。"

　　位于广州芳村花地的康园见证了中国近代史上这惊心动魄的一幕。如今康园杳然，距它不远的小蓬仙馆也已被整体搬迁到了附近的醉观公园里。要在花地寻找康有为的遗踪已非易事。

　　花地昔称"花埭"。晚清时，这里遍种百花，名园荟萃，每逢人日（正月初七），花埭"楼台绣错，群卉绮交"，到处是踏青赏花的人群。康家家资雄厚，举人出身的祖父康赞修看中花埭的旖旎风光，买下田地百亩，村人称为"康地"。康有为幼时就在康地的小蓬仙馆里刻苦攻读，接受最初的儒家教育。

康园，在康有为的记忆中，象征着一个挥之不去的耕隐旧梦。这在他的诗作和《自编年谱》中时有呈现。

光绪十四年（1888），康有为第一次上书失败，被迫离开北京。翌年，他写下"百亩耕花花埭宅，先生归去未应非"的诗句。光绪二十二年（1896）人日，政治上失意的康有为携家人重游花埭，再次写下"千年花埭花犹盛，前度刘郎今可回"的诗句，打算筑室花埭作终身隐居计。其《自编年谱》载："（光绪二十三年）还粤讲学，时学者大集，乃昼夜会讲。八月纳妾梁氏。八月筑室花埭，将终隐焉。"

接下来发生的戊戌政变改写了康有为的人生履历，吴昌硕为他刻的一枚朱文小字印章，对此有生动描述："维新百日，出亡十六年，三周大地，游遍四洲，经三十一国，行六十万里。"周游列国，康有为豪兴不减，他在《欧洲十一国游记·序》中写道："将尽大地万国之山川、国土、政教、艺俗、文物，而尽揽掬之，采别之，掇吸之。"

流亡异国途中，康有为对康园仍然念念不忘。光绪二十六年（1900），康有为在新加坡写下怀念康园的诗句："园林新筑素馨芳，碧浪红桥绕粉墙。唤作主人犹未见，凄凉又作半闲堂。"

光绪二十七年（1901），康有为客居马来西亚槟榔屿，在诗中回忆康园旧事："烟雨井旁宅，素馨田畔家。小桥通涧水，大树隐云霞。楼阁皆垂柳，比邻尽种花。廿年营卜居，牵去客京华。移家才数月，考室未能归。春梦园空忆，秋风事尽非。凄凉慨华屋，芜没活苔礜。不见珠江水，流逝对夕晖。"他在这首诗的题记中写道："戊戌春，花地筑室成，吾留京师未一归见，而八月籍没矣。住者无住，无住而住，只有随顺，非力能为。"

素馨田年年花开"弥望如雪"，隔岸的卖花声隐约可闻，可是素馨田畔新筑的园林却再也没有等到主人的归来。正所谓："濛濛空色绕闲原，一路微香点雪痕。故主几曾留尺土，芳卿如欲踞孤村。关心野老寒侵骨，临水人家白到门。怪底花农少荒岁，从来不死是情根。"宋代南粤诗人陈份的《素馨田》一诗恰是康氏心迹写照。

对于终生以政治为业的康有为来说，或许康园只是印在纸上的如烟旧梦，那些关于康园的诗作乃政客失意时的独自吟哦，最后都化作了生命中可有可无的画外音，飘散在落花似雪的素馨花田里。

如 此 江 山

江山，对于中国人来说，是一个很亲切的存在。从宇宙洪荒起始，江河大地就在那里，天无言而四时动，地无语而万物生，天地人和，道法自然。中国文人在书斋里信马由缰，思量的也是山河大地，所谓"文章是案头之山水，山水是地上之文章"。自杜甫写出"国破山河在，城春草木深"的名句以来，虽然江山染上了悲壮的色彩，可是，江河奔涌，山川永在，春深时，草木繁茂，中国人还是爱着他们眼前的这片江山。

说到江山，想起近读周作人《知堂乙酉文编》，其中有回忆北大旧事的长文《红楼内外》，提及岭南诗人黄节：

前清光绪年间，上海出版《国粹学报》，黄节的名字同邓实（秋枚）、刘师培（申叔）、马叙伦（夷初）等常常出现，跟了黄梨洲、吕晚村的路线，以复古来讲革命，灌输民族思想，在知识阶级间很有些势力。及至民国成立之后，虽然他是革命老同志，在国民党中不乏有力的朋友，可是他只做了一回广东教育厅长，以后就回到北大来教他的书，不复再出。北伐成功以来，所谓吃五四饭的飞黄腾达起来，都做了新官僚，黄君是老辈却那样的退隐下来，岂不正是落伍之尤。但是黄君是自有见地，他平常愤世嫉俗觉得现时很像明季，为人写字常钤一印章，文曰"如此江山"。

知堂笔下的黄节，颇有点遗民气味。民国肇始，广东成为开风气之先的革命策源地，产生了一大批"革命老同志"，他们在此后的时代风云变幻中各有进退取舍，或激进，或颓废，或投机，或隐退。其间黄节的表现颇耐人咀嚼。周作人在文中评说，在北大红楼内，虽然比起慷慨就义的李大钊"似乎要差一筹"，但是黄节为了教育与学校坚守岗位到死，"虽然看去似乎平常，却实在也是很有重大的意义的"。

黄节（1873—1935），原名晦闻，字玉昆，号纯熙，后易名为节，取"砥砺气节"之意，别署晦翁、佩文、黄史氏，广东顺德甘竹右滩人。黄节早年拜简朝亮为师。简朝亮和康有为都曾师事被誉为"岭南儒宗"的九江先生朱次琦，为学"以经世致用为归"。黄节离开简岸草堂后，有很长一段时间独居僧寺读书，先后在海幢寺、云林寺、六榕寺闭门潜修。他自述道："下帷攻读者凡十载，一生学问，实根柢于是。"清末他在上海与章太炎、刘师培、马叙伦等创立国学保存会，刊印《风雨楼丛书》，创办《国粹学报》。民国后入南社，长居北京，任北京大学文学院教授、清华大学研究院导师，曾一度出任广东教育厅厅长兼通志馆馆长。他以诗名世，与梁鼎芬、罗瘿公、曾习经合称"岭南近代四家"，诗作兼具唐诗文采与宋诗骨格，人称"唐面宋骨"。他精通旧学，在北京大学任课时主要讲诗。

黄节是晚清国粹中坚，首倡"国学"，他和章太炎等倡导的国粹思潮，实质上是从民族历史文化中寻找颠覆清廷的依据和资源，借经史为革命造势，故而他对袁世凯称帝抨击甚烈。1915年，杨度、刘师培等六人承袁意旨，组织筹安会，公然鼓吹帝制。黄节闻讯后立即致函旧友刘师培，痛斥君主立宪之悖谬："仆以为斯议一出，动摇国本，招致祸败。

必所谓危，愿因足下，以告诸君，深察得失，速为罢止！"

中岁以后，黄节不再参与革命工作，专心致力于学术研究和教育事业，一直在北京大学任教。民国十七年（1928）他应广东省主席李济深之邀，回粤任省教育厅厅长，在广东教育行政会议开幕词中疾呼："当大乱之后，民生凋敝，风俗人心，迁流坏乱，不知所终。……四千年来，人心之变，有甚于此时者乎？"任职仅年余，他便因南方政局糜烂，辞职北归。

黄节取室名为蒹葭楼，《自题蒹葭图寄黄宾虹索画》云："愁入蒹葭不可寻，闭门谁识溯洄深？江湖一往成回首，风露当前独敛襟。"蒹葭深处，道阻且长，风露泠泠，旷野无人，诗人站在楼头凭栏远眺无限江山，忧思满怀，写下《蒹葭楼诗》。

黄节喜言国事，诗中交织着屈翁山的悲愤、陈后山的兀傲和李义山的凄怨。黄裳对《蒹葭楼诗》评价甚高："余于近代诗人，最喜顺德黄君晦闻，其音哀以思，盖生于丧乱，遂多楚音也。"他认为黄节诗作的最大的特色就是"浓郁的家国之感"。

《蒹葭楼诗》的前几卷，有不少诗记述的是黄节早年在广州城里与友人诗酒流连的时光。桨声艇影里的荔枝湾，月色如水，船娘送上生滚的艇仔粥，西关的大宅门内，藏着老友黄景棠的小画舫斋，黄节和朋友们聚在一起听曲吟诗，把酒畅谈。此时的黄节沉浸在南方暖热温香的日常生活中，精通旧式名士全套的唱作念打。他写《游荔枝湾》："东去珠江水复西，江波无改水西堤。画船士女亲操楫，晚粥鱼虾细断齑。出树乱禽忘雨后，到篷残日与桥齐。重来三月湾头路，蔽海遮天绿尚低。"又记《中秋夜集小画航斋与陈述叔谈诗》："连年望月今宵意，兹地兹游略可寻。人与沧桑同一醉，江随凫茞日相深。歌声隐隐城西路，巢语喁喁露底禽。似为谈诗接寥寂，更无秋思到清砧。"

但萦绕在黄节心头的仍是国事国运，正所谓"外枯而中膏，似淡而实浓"，《蒹葭楼诗》让人咏叹的还是诗中沉郁的江山之思。黄节的遗民气质和岭南这片土地有关。诗人们临海向洋，诗笔沐浴山风海浪，自带朴野之气和雄直之风。他们热切地关注五岭之外的天朝大国，在国破家亡时挺身而出，明末清初列名"岭南三大家"的屈大均、陈恭尹都曾亲身参与反清复明运动。《蒹葭楼诗》延续的是岭南诗歌正脉，刚直忧愤之情直透纸背。

陈恭尹的父亲陈邦彦为明末岭南抗清主力，隆武二年（1646）清军陷广州，陈邦彦兵败被俘，被清军寸磔于市，全家除陈恭尹侥幸逃走外均同时遇难。丧国丧家的深悲巨痛缠绕陈恭尹终生，他曾写下传诵一时的《九日登镇海楼》："清尊须醉曲栏前，飞阁临秋一浩然。五岭北来峰在地，九州南尽水浮天。将开菊蕊黄如酒，欲倒松风响似泉。白首重阳惟有笑，未堪怀古问山川。"黄节光绪二十六年（1900）重阳节登临镇海楼，致敬先贤，写下《庚子重九登镇海楼》："东南佳气郁高楼，天到沧溟地陡收。万舶青烟瀛海晚，千山红树越台秋。"

诗集中有《题陈白沙先生自写诗卷后》："风雨茅龙落笔奇，文章万古在南陲。荒崖莽莽三忠庙，奇石阴阴一字碑。我已汍澜频掩卷，不堪零落未收辞。休论三百年来事，野马游尘满绢丝。"苍凉悲壮，令人怅惘。

"如此江山"句出自陆游诗。光绪二十九年（1903），黄节登珠江啸海楼，独酌大醉。他在诗前小序中写道："夕阳隔江，胡笳四起，东望风云，顷刻百变，读放翁句如此江山，坐付人泪涔涔而下矣。"夕阳映红了珠江，诗人把酒吟诗："无限归鸦起暮寒，夕阳如画满江干。烟尘历历秋笳里，绝好河山袖手看。"

"烟尘历历秋笳里，绝好河山袖手看。"让人不禁想起在落日楼头、断鸿声里吟唱《水龙吟·登建康赏心亭》的辛弃疾，把栏杆拍遍，却无人会登临意，唯有忧愁风雨，揾一把英雄泪……

吴宓是黄节的学生。《吴宓日记》记述王国维于1927年6月2日投昆明湖自尽后黄节的大悲："黄先生大悲泣，泪涔涔下。谓以彼意度之，则王先生之死，必为不忍见中国从古代传来之文化礼教道德精神，今将日全行澌灭，故而戕其身。"

据张中行回忆，"九一八"事变之后，黄节在北大课堂讲顾亭林诗，念到"名王白马江东去，故国降幡海上来"句时感伤不已，"仿佛要陪着顾亭林也痛哭流涕"。吴宓在《空轩诗话·黄节注顾亭林诗》中记述更为详细：

> 黄晦闻师在北京大学授毛诗未完，乃于甲戌秋起，改讲顾亭林诗，并依例作笺注。……本年一月三日，宓谒黄师，续借讲义，归而抄录。师复为阐述亭林事迹，谓其既绝望于恢复，乃矢志于学术。三百年

后，中华民族，由其所教，卒能颠覆异族，成革命自主之业。今外祸日亟，覆亡恐将不免，吾国士子之自待自策当如亭林。是日，师言时，极矜重热诚。宓深感动，觉其甚似耶稣临终告语门弟子"天地可废，吾言不可废"之情景。

民国廿四年（1935），黄节于忧愤中病卒。周作人致送挽联："如此江山，渐将日暮途穷，不堪追忆索常侍；及今归去，等是风流云散，差幸免作顾亭林。"用典悲切，意味深长。

"江山"二字，始终萦绕在古往今来文人们的心头。早在民国十二年（1923），梁启超在忧患中以读宋词自遣，把其中的好句子集句做成对联写赠友朋，其中一副曰："燕子来时，更能消几番风雨。夕阳无语，最可惜一片江山。""更能消几番风雨""最可惜一片江山"本是辛弃疾、姜夔的名句，经梁氏品哂，百味杂陈。

面对如此江山，困守书斋的黄节在展读陈白沙诗卷时，也只能长叹一声："休论三百年来事，野马游尘满绢丝。"

兰斋梦痕

　　看民国广州的史料，如同看一幅被卷起来的陈旧画卷。把这沾了尘灰的画卷徐徐拉开，心里总不免恍惚。金戈铁马、纵横捭阖的传奇后面，究竟还隐藏着多少欲说还休的断片残简呢？有多少人生的大戏是在时代的夹缝里仓促上演，又草草收场的呢？

　　人生如雾如电如梦幻泡影，纵是歌舞升平，也会有曲终人散的那一天。明人张岱在自撰的墓志铭中自述，早年"好精舍，好美婢，好娈童，好鲜衣，好美食，好骏马，好华灯，好烟火，好梨园，好鼓吹，好古董，好花鸟"，可是转瞬之间，"国破家亡，避迹山居。所存者，破床碎几，折鼎病琴，与残书数帙，缺砚一方而已。布衣蔬食，常至断炊"。从繁华到灰凉，只在转身之间。

像张岱这样的世家公子，生来就是唱大戏的名角。这一类名角，前有古人，后有来者。叱咤羊城的江太史，一生际遇与张宗子如出一辙，在唱足了五味俱全的全本大戏后，隐入历史画卷背后，从此缄默不语，任传说在太史第的断墙残垣间如野草般疯长。

这画卷背后，分明有袅袅悲音回旋，那是江太史听惯了的粤剧唱腔："是谁把流年暗转换？繁华事散逐香尘，流水无情草自春。"

江 湖 大 佬

说江太史是晚清民初广州城里呼风唤雨的"江湖大佬"，实不为过。

江太史原名江孔殷，小字江霞。江家祖上，是号称"江百万"的巨富茶商。光绪三十年（1904），中国历史上最后一届科举考试举行。江孔殷赴京会试，中恩科二甲第二十七名进士，入翰林院，授职庶吉士。粤人谓点翰林者为"太史"，从此世称"江太史"。

江孔殷点翰林后回乡谒祖，真是说不尽的风光。翰林算是大绅士，照习惯，用的是大张红色的名片，高约八九寸，阔约四寸许，顶格写满"江孔殷"三个大字。江家先期派人印发报捷的"报条"逾一千份，分送本省的官绅及远近亲友。过了数天，江太史坐着四名轿伕抬的大轿，前呼后拥，到四处拜客。除了长辈、亲戚、老师与在籍的巨绅外，两广总督、三司六道、首府两县等等，新科翰林都要登门拜会。太史第另定日期大排筵宴，中午开流水席，晚上开翅席，分"头度"与"二度"，宾客可以饮宴两次，东花园里盖搭戏棚，日夜演剧助庆。人生得意，莫过如此。

江孔殷曾任江苏候补道。光绪三十三年（1907），岭南盗匪成风，经广东总督张鸣岐奏请，江孔殷钦放广东清乡总办。临行前，慈禧太后御赐兰花一百二十盆，百二兰斋由此得名，江孔殷亦从此别号"兰斋"。他返粤后，联合士绅以铁腕手段缴匪，大杀三合会众凡六十日，盗匪之风渐息，江太史声誉日隆，江湖地位稳固，成为清末民初广东政坛举足轻重的实力派人物。

江太史身材高大，雄伟壮实，双目炯炯有神，望之气象万千。他的性格大开大合，慷慨不羁，豪气干云。本来"清乡"是要剿匪的，可他一来二去却与三山五岳的草莽英雄结成了莫逆之交，乡没有清，四方豪杰却结识了一大把。在粤任职期间，他私放洪门李福林往南洋入同盟会，并促成革命党人汪精卫、陈景华获赦，按现在的说法是个红、黑、白各道通杀的人物。

很长一段时期里，江孔殷都是广州城里一言九鼎的人物，霸气十足，从一件小事略见一斑。光绪三十三年（1907）初，江的家人在戏院与港商黄亦葵争座位，江为此大怒，诬称其妾为私娼，拘捕了黄亦葵夫妇，还加黄以"抗拒大绅"的罪名。《广州总商会报》视此事为绅士欺压商民的事件，连续报道，对江大加揶揄、抨击。

江孔殷老谋深算，善于审时度势，在辛亥革命浪潮风起云涌之际，他以"在野"的头面人物身份与官方、革命党及社会上的各种政治力量周旋，在改朝换代之际扮演了一个特殊的角色。是他直接促成了"广东独立"。

宣统三年（1911）4月27日，由同盟会发动的广州起义爆发，七十二烈士战死。同盟会员潘达微出面收埋遗骸。《潘达微自述》提到，当他商请各善堂的董事提供坟地时，各善董均有难色，"盖怵于威，恐事泄株累也。余不得已，遂以电话达此意于江孔殷太史，求太史一助力。太史遂转电告善董，谓此事可力任，纵有不测，彼可负全责。各善董得太史电，乃允余请。余遂去。"通过江出面交涉，七十二位烈士遗骸最后得以安葬于黄花岗。

同年10月，武昌起义成功，广东的革命党人也策动了数千人在顺德乐从起义。粤督张鸣岐命时任清乡总办的江孔殷带兵前往镇压。江不想与革命党作对，稍战即息，撤兵返回佛山。他对广州革命党人潘达微、邓慕韩等的"和平策略"表示首肯和支持，愿意为他们的主张向张鸣岐说项。面对声势浩大的革命浪潮，张鸣岐情知大势已去，只好表态赞成"和平独立"。

11月9日早上，原本同意担任独立后军政府都督的张鸣岐将督印悬挂堂中，人却逃之夭夭。江孔殷派人将日前在乐从缴获的青天白日旗高悬于谘议局之上，盛大的独立典礼举行，广东终告独立。

辛亥革命成功后，孙中山先生为感谢江孔殷对国民革命的同情与支持，曾与宋庆龄、廖仲恺、何香凝等登门拜访，在太史第的花园内合影留念。

纵是经纶满腹，韬略纵横，无奈大势已去，江孔殷在辛亥革命后也只好做了遗老。不过，遗老的生活向来都不寂寞，江孔殷也不例外。他改行从商，出任英美烟草公司南中国总代理，对外挂牌为"公益行"。他把在政界运筹帷幄的谋略转移到了商场之上，这个穿长袍的"洋买办"又和南洋兄弟烟草公司展开了一场恶斗。

当时，南洋使用"三爵""美丽""地球""大长城""白金龙""黄金龙"等牌子，英美使用"三炮台""老刀""海盗"等牌子。江孔殷扬言："我掩住半边嘴也能斗赢南洋。"为此他不惜使出各种手段，如收购了一批南洋的名牌烟"白金龙""黄金龙"，待发霉之后再推出市场，以此造谣中伤对方。受到打击的南洋一度处于弱势。

这时候，潘达微因厌倦民国官场，转营实业，到南洋担任经理。江孔殷算是遇上了强劲的对手。潘达微先从改进南洋的广告经营策略入手，聘请黄般若、郑少梅等画家，为南洋设计画有三国、水浒人物的"公仔纸"，放在每包香烟当中促销，并创办《天声日报》，大力宣传国货。潘又利用自己与政界文坛名流的关系，在报上大登胡汉民、蔡元培、梁实秋等的文章，受到读者欢迎，声威大震，南洋渐占上风。

江孔殷当然不肯认输，也命次子江誉镠创办《广东日报》，社址先是设在打铜街，后搬到太史第内继续出版，但因充斥八股文章，观点陈腐，声势渐弱。在两家烟草公司的商战中，潘达微的才华、名声和新锐的思想，显然超过了身为满清遗老的江孔殷。新派人物战胜了旧派人物，潘达微获得"实业泰斗"的美名，成为了广东近代出类拔萃的民族工业家。而江孔殷却渐渐失去英美烟草公司的信任，到最后只是领一笔车马费了事。

遗 老 旧 梦

虽然在商战中败下阵来，江太史的遗老生涯仍然是多姿多彩，活色生香的。

"遗老"在民国时期是个意义模糊的角色。在改朝换代的巨浪狂澜中，这些原本在国家的政治和文化生活中担负要职的既得利益者，在一瞬之间就失去了自己纵横驰骋、春风得意的舞台，难免会有些晕头转向、惘然若失。以往在他们繁忙的生活中作为调剂的余兴节目，在这种"无可奈何花落去"的特殊时期，竟成了他们日常生活的主要内容，比如，吟诗作对，挥毫泼墨。在这些方面，江太史也有独到的才能。他的书法，以行书见长，格调高雅，出手不凡，文人之气，溢于纸上。他的诗词，在一众耆老之中，也是独领风骚的。

担任英美烟草公司南中国总代理期间，江太史热衷于利用"诗钟"这一传统文学形式进行"商业营销"。1924 年出版的《台湾诗荟》记："羊垣英美烟草公司前征'金、叶'诗钟，多至一万余卷，汇呈卢谔生先生维岳评选二百。近由江霞公太史惠寄诗榜一纸，佳作甚多，琳琅满目。"江太史也为此次征诗活动四处张罗，在致该刊创办人连雅堂的信中写道："公为此间文坛牛耳，尚希不惜鼓吹，为敝公司生色。"

江太史在家中开办兰斋家塾，礼聘岭南著名画家李凤公为家人教授书法和绘画。他尤为器重当时在兰斋家塾掌书记的岭南才女冼玉清。而对于冼玉清来说，兰斋家塾恰是她生命记忆中一抹值得回味的亮色。出身豪富之家，青春年少即以学问才情名满岭南，此女子自是不同凡响。她先是在澳门的灌根学塾求学，在"烂熟全史"的恩师陈子褒的培护之下，打下一生的学问基础，而后游学岭南，又幸运地遇上了一群精研传统之学的硕学鸿儒，得到他们的呵护与怜惜，冼玉清开始步入学术殿堂，为文化的延续和传承倾尽心血。这是岭南之地一个不应被遗忘的文化人物，她的故事待我们以后慢慢讲述。这里先说说冼玉清在兰斋家塾度过的一段诗画怡情的快乐时光。

冼玉清是在结束了灌根学塾的初期学习后来到太史第的。她和江太史的女儿江畹徵成为了李凤公的入室弟子。冼玉清得名师指点，进步神速，其工笔花卉，得宋人法，淡逸清华，深得江太史的赞赏。在太史第的高门宅第之中，暖日盈窗，花香盈室，冼玉清轻捻画笔，把春天里的暗香空绿都抹在了画纸之上。"一帘花影云拖地，半夜书声月在天"的书斋生活，渐渐成为她生命中最日常的场景。

冼玉清离开太史第后，与江孔殷一直保持联系，时有诗文酬答。1924年，冼玉清把她的诗作编辑成册，请江孔殷过目，江题写了七律《题冼玉清女学士诗册》一首为序，从此诗可以看出，身为遗老的江孔殷对冼玉清的学识才情知之甚深：

阁主长真席道华，绛帷环侍障青纱。燔书自笑秦皇帝，续史心仪汉大家。进士头衔名不栉，秀才巾帼貌如花。夫人典群高凉后，赢得先生两字加。

江太史是个亦正亦邪、大雅大俗的奇人。诗书自娱的雅趣和纵情声色的狂放交织在一起，把他的传奇人生点缀得五色杂陈。出身号称"江百万"的巨富茶商之家，他的人生注定是镶金缀玉，满目繁花，风月场上怎会少了他的身影。他把世家公子玩世的倜傥和末世文人不羁的才情，在珠江画舫上挥洒得淋漓尽致。西堤的陈塘、东堤的紫洞花艇，到处留下江太史的歌吟题咏。当时的南园酒家门前，就悬有江太史轰动一时的名联：

　　　　立残杨柳风前，十里鞭丝，流水是车龙是马；
　　　　望断琉璃格子，三更灯火，美人如玉剑如虹。

　　美人终将迟暮，富贵荣华也会如落花飘零，画舫外的珠江流水载走了多少代的浮世幻梦。江太史还在美食美色筑成的迷境里流连，自然窥不破这人生的玄机。

　　那时东堤一带的珠江水面，花艇无数，花艇旁附楼船，设有厨房，所治肴馔，精细有致，供人在花艇上饮宴。江太史在珠江美景下看美人品美食，但愿长醉不愿醒。

　　据说当时"澄鲜"一艇最负盛名，江太史也为"澄鲜"

撰了一副对联。他平日里纵横江湖、豪气干云，下笔却出人意料地细腻缠绵：

怕听曲板当筵，流水大江，别有闲情淘不尽；

况对离樽今夜，酒阑灯灺，可无细语慰相思。

江太史在风月场上流连，留下不少奇闻。据说他的长子为原配所出，温厚懦弱，胸无大志，偶入青楼，邂逅一名妓，海誓山盟，共期白首。殊不知该女子是父亲的老相好，脚踏两船，左右逢源。江太史发觉后勃然大怒，当众对长子杖以家法。懦弱的长子既受情伤，又被父辱，羞愧交加，吞烟自尽。结果是，已定亲的新媳妇十七岁就到江家"守清"，守了一世"活寡"。

江孔殷一共娶了十二个老婆。这妻妾成群的生活，并不像外人想象的那般风流快活。据孙女江献珠回忆："很奇怪，祖父的女人没有一个是天姿国色，九、十两祖母还可列入'丑'类。"这且不说，单是管理这一大家子人口的饮食起居，已是繁难。据说他都交给能干精明、经营画舫出身的三姨太打理。

新年过后，江家人例行要到兰斋农场赏梅。冬夜天空冷月高悬，兰斋农场花海似雪，暗香浮动。梅林旁有小屋一幢，是看更人的宿舍。江太史每到此时，总是诗兴大发，在梅树下即席吟哦，妻妾们散坐林间，闲话家常。只有八姨太会静悄悄地提了一壶酒，独自潜入梅林去。她酒量甚浅，每饮必醉，醉后狂哭狂歌，至颓然倒下为止。八姨太为何悲泣？在自怜身世的落寞时光，莫非她已预知结局——

　　　　为官的，家业凋零；富贵的，金银散尽；有恩的，死里逃生；无情的，分明报应。欠命的，命已还；欠泪的，泪已尽。冤冤相报实非轻，分离聚合皆前定。欲知命短问前生，老来富贵也真侥幸。看破的，遁入空门；痴迷的，枉送了性命。好一似食尽鸟投林，落了片白茫茫大地真干净！

兰斋迷梦，终有破碎的一天。

太 史 家 宴

对于江太史的孙女江献珠来说，上世纪二三十年代在广州河南同德里的太史第度过的岁月正是她记忆中最好的时光。她在《兰斋旧事》中娓娓道来，听来如隔世遗梦。

江太史辛亥革命后隐居家中，以诗书美食自娱，领导广州食坛数十年，堪称羊城首席美食家。占了同德里四条街位的太史第内食风鼎盛，羊城各大酒家唯"太史第"马首是瞻，冠以"太史"二字的菜式，不胫而走数十年，尤以"太史蛇羹"为著。当时的军政要员、殷商巨贾、各路草莽英雄，无不以一登太史第的宴席为荣。

在江献珠的记忆中，当年的太史第正门坐落在同德里十号，门额之上有江太史亲笔手书的"太史第"横匾，正门大厅高悬宣统皇帝御赐的"福""寿"匾。太史第的建筑设计仿北方宅院，中设花局，周围回廊环绕，两旁依次为客厅、书厅、饭厅及起居室。花园与住宅相连，草木青翠，高逾院墙，园中有八角亭，亭外有兰棚。江太史爱兰，养兰凡一百二十种，书斋亦名"百二兰斋"。太史第内一年四季兰花盛开，富贵之中亦有别样清韵。

江献珠最忘不了的是宅第内各式各样赭红靛蓝的满洲门窗。这都是由当时的玻璃大王"平地黄"在北京特别定制的。每个厅房里的满洲窗均根据不同主题，按照山水、花卉、扇面、古鼎及古钱等，烧成红色、蓝色、翠绿及磨砂等种种颜色样式。江献珠的童年记忆就镌刻在这些满洲门窗之上，泛出陈旧而迷离的色彩。

江献珠小时候喜欢蹲在二楼的雕栏边，悄悄窥望祖父宴客的小天地。太史第的饭厅很宽敞，中置酸枝镶大理石八角大餐桌，桌后有一紫檀镶楠木的烟炕，两旁是宽大的太师套椅，供宾客餐前小憩。天花板四角上，吊着四时更换的宫灯，厅中悬一法式大水晶灯。透过饭厅里嵌翠绿山水玻璃画的满洲窗，隐约可见祖父的古玩房，三面墙壁都是落地紫檀古玩架，摆满了祖父的文玩珍藏。

太史第内很少筵开百席的喧哗场面，江太史的饭厅里每天只摆一桌，款客的菜精美无比，主人的心意又是那么殷勤，这高门宅第里的美食盛宴，自有行云流水般的妙趣和格调。那年头，江太史任英美烟草公司南中国总代理，入项甚丰，加之他为人豪爽，三山五岳、黑道白道皆有交往，每逢时节朋友多方馈赠，各地名产源源不绝，太史第内的美食盛事日日上演，成了旧时羊城的一段传奇。

"太史蛇羹"是这出传奇的重头戏。每年蛇季，太史第内总是特别热闹繁忙，要从秋风乍起一直扰攘到农历年底。

这传说中的"太史蛇羹"究竟妙在何处？据说秘诀在于蛇汤与上汤要分别烹制。蛇汤加入远年陈皮和竹蔗同熬，汤渣尽弃不要，再调入以火腿、老鸡及精肉同制之顶汤作汤底，而上汤成色之高下，决定了蛇羹品质之高低。刀工也极为重要。柠檬叶最显刀工，要切得幼若青丝。太史第的花园里种了好几棵柠檬树，嫩叶不够味，老叶太硬，只有不老不嫩的才合格。切柠檬叶丝先要撕去叶脉，从叶梗当中分成两半，再叠在一起卷成小筒，这样切起来方便，且即切即用，香味更新鲜。鸡丝、吉滨鲍丝、花胶丝、冬笋丝、冬菇丝和远年陈皮丝都要切得均匀细致，再加上未经熬汤的水律蛇丝，全汇合在看似清淡而味极香浓的汤底内，加上薄芡，即成美食极品"太史蛇羹"。

菊花亦是佐料中的主角。太史第内终年雇佣四个花王，其中两个专事种菊。蛇羹用的多是自栽的大白菊，另有一种奇菊名"鹤舞云霄"，白花瓣上微透淡紫，是食用菊花中不可多得的精品。儿时的江献珠常常在院子里看女仆清洗菊花。她看着女仆把整枝菊花倒置在一大盆清水内，然后执着花柄，轻轻在水里摇动，清洗干净后再逐瓣剪出备用。

在江献珠看来，真正的美食家并不是只爱山珍海味的奢食者。平平无奇的原材料，经过别具匠心的烹制，也可以成为席上令人叫绝的珍馐。个中的奥妙和趣味无穷，亦可见出美食品位之高低。平常处见奇崛，正是功力所在。

　　江献珠记忆中的家馔，似乎都是一些平常菜式，但思之令人无限留恋。每月两三次的素馔，如大豆芽菜炆面筋、薯仔饼、炒素松、炒大豆芽菜松、腐皮包、腐皮卷等，看起来简单，其实在做法上都是下足了功夫的。每天早上喝的大豆芽菜猪红粥，先用油把大豆芽菜爆香，放在粥里煮透，然后才放一早买来的新鲜猪红，味道好美。做糕点所用的盘粉，是河南龙溪首约一条小河涌的水上人家用擂浆棍磨制，边煮边搅边下猪油，直至猪油与米浆完全混合为止，用这种盘粉蒸的糕特别幼滑爽口。萝卜糕要先用瑶柱熬汁，用汁蒸糕，再煎香鲮鱼肉，混入萝卜同煮，吃起来香极了。

　　为保证太史第美食的出品质量，江太史大手笔地在郊外的萝岗经营起江兰斋农场，四时鲜蔬佳果不断运进府内，为太史第的繁华食事锦上添花。江献珠最难忘的是去农场吃"露水荔枝"的情景。祖父认为只有经过夜晚的温凉，糯米糍方能显出其香、甜、鲜、脆的最佳状态。每年夏天，江献珠总是随祖父到农场去，在晨光熹微下自采自啖沾满了露水的糯米糍。那是她吃过的最鲜美的荔枝。

江兰斋农场的荔枝引出了太史第的另一样绝品——荔枝菌。好多年过去了，江家老幼还公认这是太史第最好吃的东西。江献珠至今还记得当时的种种情景：

荔枝树每年必定要施肥，方法是在树之四周挖几个洞，把兽肥倒下去，再把泥土覆上。很奇怪，就在这些肥土上，经过了春雨的滋润，受了阳光的温暖，会冒出一堆堆的野菌。采菌要及时，不能等它长高，要往泥土下面挖，所以菌底往往沾满了泥土。为了要掌握时间，村中的女孩子都被雇来帮忙挖菌。

清早采了菌，中午后方能运到广州。一抵达，家中顿时忙乱起来，上下动员去清刮荔枝菌。荔枝菌若不及时处理，菌伞很快张开。若伞底的颜色由粉红变黑，便不能吃了。

经过运送，搁了半天尚是紧合的荔枝菌只占很少数，宜放汤，宜快炒，既嫩滑又清甜，统统留给祖父奉客。菌柄长高了而菌伞又张开的，便用大火炸香，连炸油一瓶瓶储存起来，好让茹素的祖母们用来送粥或下饭。炸香了的菌，味道颇浓，质感非常特别，软中带韧。菌油有幽香，拌面是一绝。

……在江家，微不足道的野生荔枝菌，是家馔，足与珍馐百味等量齐观。难得的是，市上罕有出售而我家却因种植荔枝，每年有啖荔枝菌的盛事，也可算只此一家了。

江太史虽是显赫一时的美食家，但他自己是不会烹调的。他有的是美食家的格调和情怀。他宴客的执着，数十年如一日，如不尽心便不安心。客可以不请，要是请了则不能随便。款客的菜，一定要精细。他的心意永远都是那么殷勤。

太史第关起门来，每餐起码有五六十人吃饭。身为一家之主的江太史每天"下午三时起床，晚上八时中饭，晚饭等同消夜，要在凌晨以后"。江太史担任英美烟草公司南中国总代理多年，与洋人素有交往，对西餐也很喜爱，家中除大厨子外，还有西厨子、点心厨子，江太史还为几个茹素的姜侍专请了一个斋厨娘。江家好吃的东西真是多。

镜 花 水 月

富甲一方的江太史，全不把金钱放在眼里。可是只靠祖田的租、英美烟草公司的车马费和农场微薄的收入，如何能够支撑车水马龙、宾客如云的大场面？故而有钱时觥筹交错，宾主尽欢，没钱时四处张罗，可卖则卖。

江太史每娶一房新妾，为安抚各房，总是新的旧的一律获得同样的衣饰财物。据说当年江家拥有的"三万三"透水绿玉，为羊城之冠。到周转不灵时，管家的三祖母就下令其他祖母自动奉献首饰。每当玉器商登门时，三祖母总会从古玩架上取下小胭脂杯，盛满水，把透水绿玉投下去，立刻映得满杯翠绿。满洲窗后，献出珍爱首饰的众祖母早已泪光盈盈。

繁华终有散尽时。先是失去了英美烟草公司的代理权，加上倾尽全力发展江兰斋农场，江太史几乎家财耗尽。抗战来临时，江太史避难香港，二三十个家人挤住在一层楼上，仆从星散，食事凋零。他戒了鸦片，皈依密宗，戒绝杀生，鬻字养家，最困难时不得不接受了旧识日本港督矶谷廉介馈赠的两包白米。解放时江太史已是风烛残年，1951年土改，他被乡民强行用箩筐抬回南海老家，一代美食家竟以绝食而终。江献珠在《兰斋旧事》中写道："祖父以精食名，以两包米丧节，而以绝食终。人生薤露，一至于此！"

其实，早在三十年代的中山小榄菊花诗会上，面对满目繁花，还在温柔富贵乡里流连的江太史就写下过"何心咀嚼问残羹，肉食情知误一生"的诗句。

他的老朋友虚云老和尚也曾以诗劝喻："灵光独耀本来明，无染无污气自清。水月镜花皆幻相，知君有日悟归程。"虚云师父曾和江太史有段前缘。辛亥革命前夜，虚云安住白云山僧寺，时与革命党人往还，广州起义时因有革命党嫌疑，遭官府追捕，藏于潘达微的平民报馆中。江孔殷与虚云平素以诗相契，于是出面向粤督张鸣岐开脱，虚云得以从广州脱身，安然返沪。

一江春水，带走无数繁华旧梦。珠江长堤，西关深巷，依然有传奇回旋流转。在陈旧的历史画卷上，民国广州城里风起云涌，有北上驰骋的军政要员，有巨笔如椽的硕学鸿儒，有临海向洋的商界巨子，也有寄情诗书的旧朝遗老。中国社会的巨大变革，从政治军事到工商民生，都在这"敢为天下先"的南方港口城市找到了最佳实验场。这南方的旧城，弥漫着令人迷醉的市井烟火，也飘荡着高门宅第的旖旎沉香。身份复杂的江太史一袭长衫从西关旧街巷里高视阔步地走过，在如蜘网般的人生迷阵里穿行，在美食构筑的幻境里打发时光，慢慢隐进了历史帷幕深处。昔日张岱国破家亡后披发入山写《陶庵梦忆》，遥思往事，方知"繁华靡丽，过眼皆空，五十年来，总成一梦"。如今的太史第只剩了断壁残垣，兰斋里的兰花已成隔世的香魂。

兰斋一梦，终成幻相。画卷该卷起来了。

玉清女史

年轻时候的冼玉清，是岭南大学里的一道风景。

她穿着素净的旗袍，从怀士堂、黑石屋前走过，回到碧琅玕馆的书房里，校勘古籍，著书立说，偶尔弹弹古琴、画几笔丹青。在书卷中浸泡久了，她看起来恬静、和雅，自带一种大家闺秀的简静之美。

在作家秦牧的记忆里，她是完全生活在古籍堆中的世外之人：

> 我从来没有见她穿过"布拉吉"之类的西服，她有时也往髻上簪一束鲜花。你和她接近了，会隐约感到她有一点儿封建时代闺秀作家的风范，仿佛和李清照、朱淑真、陈端生等人一脉相承。

冼玉清出身富豪之家，很早就在南方学界声名鹊起。自上世纪三十年代起，她一直住在位于岭南大学东北区 32 号的碧琅玕馆里专心治学。在这所南方最著名的教会大学里，她是学问渊博、精于金石古籍鉴藏、名满岭南的女教授，诗词书画兼通的女才子。解放的时候，她没有选择去澳门和香港任教，选择继续留在岭大，与古籍古物为伍。

上世纪五十年代，冼玉清是陈寅恪家的常客。两人在一起切磋学问、谈诗论词。每逢过节，冼玉清总是提着细篾竹篮登门拜访，竹篮里装满了节令食品，还有以毛笔正楷在大红纸上书写的长长的"礼单"："兹馈赠罐头两听、苹果四个、皮蛋六只、甜糕八块……"这礼单，被出身名门的陈夫人唐篔小心地折叠起来，夹进旧书里。

冼玉清与陈家交谊久远。陈寅恪的父亲陈三立先生曾亲笔为她的书斋题写"碧琅玕馆"四字。冼玉清毕生珍藏此匾，一直把它悬挂在书斋正中，两旁缀以杜甫诗句条屏："潇洒送日月，寂寞向时人。"

碧琅玕馆里的漫长岁月是清苦寂寞的。可是，寂寞的好处，也许只有埋首书堆年深日久的人真正懂得。思接千载、视通万里的宏阔和洒脱，冼玉清早早就体悟到了。女人要抵达这种超迈的境界，也许不得不做出一些艰难的选择，比如放弃花前月下的缠绵、儿女成群的快乐。

冼玉清终身未嫁。夜深的时候，故纸在手指的摩挲下发出细碎的声音，她的心很静，静得能听见书山学海里隐藏的无数神秘、智慧的声音，那是无数前贤硕儒在时空深处的吟咏和倾诉。

书窗之外，是群山逶迤、江海相连的岭南大地。她看见他们从册页中漫步而来，牵引她走出书斋，一起去踏勘这片朴野、雄浑而暗潮涌动的土壤。

她知道，岭南文化的精髓和种子，就深藏在这片广袤的土地下面，她需要用一生的时间步履不停地行走、追寻……

文 存 暗 脉

对于冼玉清这样的本土学者来说，岭南不只是一个地理概念。它是相对于中原、江南而言的另一种文化遗存，也是她终其一生守护的宝藏。

地蕴珍奇，文存暗脉。一地有一地的文化源流和走向，地灵必有人杰产生。1941年，广东学者黄尊生在《岭南民性与岭南文化》一书中对岭南文化及岭南人物做了如下描述：

　　岭南文化，由张曲江、崔清献及唐宋以来之羁人谪宦，孤臣遗老，奠其始基；由明以来白沙、甘泉诸人承其统绪，至近百年来，海禁大开，与世界文化之潮流接触，一转而为一种领导性的革命文化，其间一千余年，事迹昭然。而今时局虽然变更，然实不足以损岭南之价值。瞬息之不足以变古今也。天之生有其地，有其人，其地临大海，宅南离；其人则秉性刚毅，民气焕发，得地理之孕育，承历史之遗传，故其地其人，必可以促使岭南文化之重生。

　　岭南居山海之间，秉炎晶之气，山则有云岭罗浮，水则有珠江南海，潜则有蛟鼍，动则有虎豹，木则有红棉，果则有丹荔，花则有素馨茉莉，香则有伽楠沈水，珍宝则有翡翠、珍珠、珊瑚、玳瑁，故其人物则有佗王之豪雄，六祖之神慧，张曲江、崔清献之赤忱，李忠简、海忠介之忠耿，熊飞之壮烈，陈白沙、湛甘泉之德教，陈子壮、陈邦彦之气节，屈翁山、陈元孝之孤洁，南园前后五子之风流文采，洪秀全、孙中山之革命精神。岭南文化之复兴，必由斯道，舍此，更无他道。此亦为岭南民族生命民族精神之所寄予。

岭南僻处五岭之外，既为山地，又是海国，历史上为移民之乡和仕宦流放之地。东晋、南宋两代，因异族入侵，政局动荡，中原移民大规模南下，南蛮之地沐中原文化之风，教化始开。历代谪宦流徙南来，如韩愈、苏轼等，为岭南文化注入新鲜血液。黄尊生对此做过清晰的梳理：

自六朝以来，流徙岭南之显宦，多不胜书，如南朝谢灵运之流徙广州，唐朝宋之问之贬钦州，李邕之贬钦州，韩愈之贬阳州，贬潮州，刘禹锡之贬连州，牛僧孺之贬循州，李德儒之贬潮州，贬崖州，宋朝寇准之谪雷州，曾布（曾巩弟）之谪廉州，郑侠之徙英州，秦观之徙雷州，姚铉之贬连州，苏轼之贬惠州，贬琼州，苏辙之贬雷州，李纲之徙雷州，张浚之徙连州，赵鼎之徙潮州，岳飞家属之徙岭南，明朝高攀龙之谪揭阳，汤显祖之贬徐闻，均为其最著者。诸人流徙南来，虽时间久暂不同，然无论如何，对当地均有极大影响。

羁人谪宦与孤臣遗老将中原文化施之于山陬海滨之野民，其后明代大儒陈白沙独启门庭，开白沙门派，与苦节坚贞、孤芳自赏的遗民文化前后相承，遂成岭南文化之独有风骨。洪亮吉在论及岭南三家诗时有云："尚得昔贤雄直气，岭南犹似胜江南。"他是读懂了这片蕴含珠光剑气的南蛮之地的。

粤地风华

冼玉清生于斯，长于斯，常年与粤地硕学鸿儒深入交往，熟知这批岭南文化遗民的风骨操守。她在薄脆的册页之中，清晰地看到了岭南前贤们筚路蓝缕、继往开来辟出的一条文化道路。年复一年，她独坐碧琅玕馆里，陪伴她的是书窗之外的花影竹痕，满屋子的古籍旧书。她翻开书页，有时如翻山越岭的古代侠女，寻找隐居书山的武林高手拜师学艺，有时如深闺隐居的名门才女，期待一场又一场的智者雅集悄然启幕。

比如屈大均，她对他的《广东新语》甚为叹服。这位明末清初的岭南大才子为人洒脱慷慨，前半生远走中原，奔走吴越、幽燕、齐鲁、荆楚、秦晋、岭南大地，从事反清复明活动。失败后归隐家乡番禺沙亭乡，专事著述，移志于岭南文献、方物、掌故的收集编纂。此君热爱乡邦，志存高远，骨子里自带豪侠之气。他在《广东新语·文语》中表达了自己终身从事岭南文献整理挖掘工作的心志："予将终身以之，若愚公之徙太行，精卫之填东海，不以其力之不足而中辍也，知者鉴诸。"以此愚公移山、精卫填海之精神致力于岭南文献的整理编撰，屈大均成为岭南文化史上风格独具的一代大家。

两广总督阮元着一袭长袍马褂，风神飘逸地走来了。他是冼玉清一直深深感念的人。阮元一生贵为达官显宦，但不废问学，尤其重视兴学教士，辑刊图书，主持风会者五十余年，士林尊为山斗。梁启超评价他说："仪征阮芸台（元），任封疆数十年，到处提倡学问，浙江、广东、云南，学风皆受其影响。其于学亦实有心得，为达官中之真学者。"嘉庆二十二年（1817），阮元调任两广总督，道光六年（1826）六月赴任云贵总督。督粤九年，阮元于学术文化建树颇多，使岭南学术在沉寂百年后迎来喷发之机，流风余韵，影响至今。阮元在广州的一个重要文化建树是兴建学海堂，广招岭南大儒执教，为岭南培育中坚学术人才，此举从根本上改变了岭南的文化内核，使此地风气为之一新，格局大开。

暮春时节，冼玉清总要爬上越秀山，去学海堂旧址走走。旧址前有一棵高可擎天的老木棉树，每到春天开满大朵大朵的木棉花，红得让人惊心动魄。她从地上拾起坠落的大朵木棉花，脑海里总是会浮现出梁启超为恩师康有为所撰《南海先生七十寿言》一文中描述的场景：

> 每月夜，吾侪则从游焉。粤秀山之麓，吾侪舞雩也，与先生相期或不相期。然而春秋佳日，三五之夕，学海堂、菊坡精舍、红棉草堂、镇海楼一带，其无万木草堂师弟踪迹者盖寡。每游，率以论文始，既乃杂沓泛滥于宇宙万有，芒乎汒乎，不知所终极。先生在，则拱默以听；不在，则主客论难锋起，声往往振林木。或联臂高歌，惊树上栖鸦拍拍起。于嘻！

梁启超乃岭南一代英才，笔挟雷霆风雷之势，却又暗蕴赤子深情。这段回忆文字，冼玉清诵读再三，每每为之倾倒，岭南前贤的气魄、格局和豪情如在目底。从学海堂到万木草堂，越秀山上留下过多少代学子寻根问学的足迹。文化的种子一经播下，经一代又一代学人的浇灌培植，慢慢就长成了眼前的参天大树。冼玉清在木棉树下静默徘徊，深深感念在岭南大地上耕耘过的这些先哲豪杰。

自阮元督粤、开一代新风之后，广州城内文化勃兴，人才辈出。清后期岭南学术文化以朴学为主，朴学主要阵地学海堂、菊坡精舍、广雅书院成为岭南学术中心所在。以朴学大儒陈澧为中心，形成了著名的东塾学派。与明代白沙学派一样，东塾学派是清代岭南学术文化的重要标志。光绪中张之洞总督两广，依靠东塾弟子，创建广雅书院及广雅书局，使岭南学术雄踞东南，成为全国朴学重镇之一。

学术热潮涌动产生的连带效应是，清后期以省城广州为中心，刻书与藏书之风大盛，富有的行商与学者联手合作，整理、校刻、重印了大批岭南地方文献。在这一风潮中，十三行商人伍崇曜与学者谭莹合作，遍收四部图书，尤重乡邦文献，先后刻印了《岭南遗书》《粤十三家集》《楚庭耆旧遗诗》等岭南地方文献和综合性大型丛书《粤雅堂丛书》。粤雅堂因之名声大振，与康有为的万木草堂、孔广陶的岳雪楼和潘仕成的海山仙馆合称"粤省四家"。

在碧琅玕馆里，冼玉清读到谭莹为伍崇曜写下的墓志铭：

> 犹忆命酒春明之宅，征歌野史之亭，相与推求本原，是正得失，搜寻异本，购访原书，咨嗟三箧之亡，珍重一瓻一借。误仍思读，缺亦传钞。编摩卅年，审定各部。抱残守匮，提要钩元。最乐萧间还往，宛开吟社；总持风雅，后先同付手民。

这泣泪而书的文字里蕴含着多少相濡以沫的深情！冼玉清一字一句都读懂了。她常常想：伍崇曜，一介行商，富可敌国，一辈子周旋于官府和洋人之间，纵横捭阖，殚精竭虑，在鸦片战争爆发前被林则徐以一副枷锁押于众人之前，人生际遇可谓跌宕起伏、五味杂陈。但他在繁忙的商业活动之外，和大儒谭莹携手，倾尽心力印书刻书，为岭南文化留下了永远不会磨灭的印痕。这或许是他生命中最有分量、最可纪念的作为吧？

世易时移，改朝换代，转眼到了民国初年，政局风云变幻，政党之间兵刃相搏，广州时为革命策源地，各路人马集聚，刀光剑影里风起云涌，传统旧学受到了前所未有的冲击。但仍有一批岭南文化遗民守在故纸堆中，为岭南文化的薪火相传焚膏继晷。

民国广州城里，徐信符的南州书楼藏书甚丰，最盛时藏书达六百多万卷，其中以粤省府州县地志、各省通志最为齐备。民国初年，徐信符见到清代著名书院广雅书院及学海堂刻印丛书之版片堆积如山，无人清理，于是挺身而出，呈请自行筹措款项，于民国六年（1917）成立广雅版片印行所，对残版进行分类校补，选书一百五十多种，汇为《广雅丛书》，又组织修订学海堂版片，编辑印行《学海堂丛书》，为岭南古籍的保存和流传做了大量的工作。

冼玉清曾经登上南州书楼查勘古籍，编成《南州书楼所藏广东书目》。这泛着故纸气息的旧楼，在她的眼里，恰如七宝楼台，藏珍无数。

岭南另有一位奇人叶恭绰，也和冼玉清交谊甚深。叶恭绰号遐庵，广东番禺人。家中历世书香，其祖父叶衍兰字南雪，号兰台，官至军机章京，晚年主讲广州越华书院，生徒颇众。叶恭绰多年宦海浮沉，历任高官，收入颇丰，故能广事搜集图书文物，其收藏之富，在民国年间号为大家。他历来注重收集岭南文物文献，抗战期间，中国文化协进会在香港举办的"广东文物展览会"，就是由他牵头组织的，群贤毕至，珍物琳琅，轰动一时。

在非常时期筹办这样的大型文物展览，可谓用心良苦。叶恭绰凭借自己在岭南鸿儒宿耆之中的威望和号召力，敦请省港文化名流出其秘藏以供展览，展会上岭南文物蔚为大观，令人惊叹流连。这是岭南文化史上的一次大检阅、大回顾。冼玉清时为筹备委员，以"冼氏琅玕馆"名义出其所藏"梁元柱行书手卷""朱次琦手卷""张穆竹鸟扇面""梁廷楠兰花"等参加展出，以示支持。

岭南大地临海向洋，自古得海贸之利，十八世纪以来海禁大开，海洋文化如潮涌来。广州当海洋之要冲，事事得风气之先，因海运与通商，接应世界文化之潮流，遂成革命策源之地。当此革旧鼎新之际，又值中日战火正酣，叶氏上下奔走，为保护岭南古籍摇旗呐喊，可谓高瞻远瞩，思虑甚深。或许，这仍然与岭南文化遗民的某种特质相关。

岭南文化的延续和发展，素有一以贯之的脉络和源流，历朝历代皆有文化承命之士在此领域殚精竭虑。他们终其一生埋首古纸堆里苦苦耕耘，彼此同声相应、同气相求，凝聚成一股不容小觑的文化力量，承担起岭南文化的传承重任。

冼玉清是这支队伍里的重要一员。在那个年代，她甚至可以说是其中唯一的女士。

故 纸 孤 灯

常年与青灯古卷相伴，在故纸之中爬罗剔抉，在常人看来是件清苦难耐的事情，冼玉清却是甘之如饴。这与她自小接受的学术训练密切相关。

光绪二十年十二月十五（1895年1月10日），冼玉清出生于澳门一个富商家庭。父亲冼藻扬创办天和轮船公司，经营西江航业，并在港澳投资于获利较丰的电灯公司、牛奶公司、麻缆公司，还开设建昌荣药庄，富甲一方。光绪三十三年（1907），十二岁的冼玉清入读新会名儒陈子褒在澳门荷兰园二马路开设的灌根学塾。

冼玉清的恩师陈子褒与康有为本为同科举人，且年长康氏，但他极为佩服康有为的渊博学识，毅然拜康有为为师。光绪年间的康有为正值盛年，满腔救国情怀，在广州开办万木草堂，集岭南英才以育之。康有为有言："将倾之大厦，必须有万木扶持，而非一木所能胜任，故欲集天下英才而教之，冀其学成，群策群力，以救中国。"陈子褒是万木草堂文化精神的传承者。从光绪二十五年（1899）起，他在澳门先后开设蒙学书塾、灌根草堂、子褒学校等，全力投身教育，成为声名远播、惠及后学的一代名师。

冼玉清十二岁时拜陈子褒为师，前后共六年。冼玉清陈门受业，接受了陈子褒独创的特殊训诂训练，这为她后来在岭南文献整理研究领域游刃有余、触类旁通的扎实研究打下了坚实基础。冼氏一生治学，从陈门获益匪浅，故她终其一生都对恩师铭感于心。

1924年，冼玉清从岭南大学国文系毕业，于次年新学期被聘为岭南大学国文系专任助教，此时她已年过三十。由此，冼玉清正式踏入广东学界。1927年岭南大学收回由华人自办，钟荣光首任华人校长，特聘冼玉清担任岭大博物馆馆长。1929年9月，冼玉清应燕京大学教务主任周钟岐邀请赴京参加燕京大学校舍落成典礼。适逢钟荣光校长在京，经其引荐，冼玉清结识了一批粤籍寓京的文化名流，包括曾任驻藏大臣、驻美公使的张荫棠，著名史学家陈垣，大藏书家伦明，大诗人黄节等。作为初进岭南大学任职的青年教师，冼玉清凭其才学和勤勉，很快就得到识才伯乐的激赏，被引荐进入岭南硕学鸿儒的文化圈子中。她在此后漫长的学术生涯中，一直与这些岭南屈指可数的一流学者密切来往，谈诗论文，切磋学问，获益良多，由此奠定了一生的治学方向和格局视野。承担文化传承重任的传灯人，生命中总有许多不期而遇的缘分。上苍在冼玉清的一生中预设了一次又一次的善因缘，让这位饱读诗书的名门闺秀在治学之路上越走越远，直入山重水复之境。

1930 年，钟荣光将校园内"九家村"的一处平房拨给冼玉清居住。冼玉清称之为"碧琅玕馆"，这一幽静清雅的居所为她沉潜其中读书治学助力良多。1935 年冼玉清升任岭南大学国文系副教授，兼任广东通志馆纂编、广东省文献委员会委员，1938 年晋升为岭大国文系正教授。

冼玉清学术上的高深造诣离不开她深厚的国学基础。从十三经和二十四史，到宋元学案，历代古诗文辞，冼玉清均熟读精研，还能以英语讲授二十二史，故在短短数年之内便名满岭南，在校内外地位尊崇。

自 1920 年进入岭南大学求学开始，冼玉清一生皆在书斋讲坛度过，从未动摇过"以学救世"的心念。1935年5月，冼玉清因患甲状腺肿瘤，经历了一场生死大劫。手术痊愈后，她写下在学界传诵一时的长文《更生记》，再次表述她"为人群谋幸福"的学术理想：

　　天下无道，卷怀大有其人！国家将亡，气节乃在女子！此知止者不殆又一也！……自念幼从陈子褒先生诵习文史者六年，继在香港圣士提反女校专习英文二年。在岭南大学研究文学及教育学者六年。毕业后读书讲学，刻苦辛勤，以迄今日。生命一日存在，则仔肩一日不释。欲释重负，惟有死日。倘不幸而陨命，则撒手人天，于一己未尝不为得。倘苍翁以为责任未了，延其时期，则亦安命委心，听之而已！然而著作多未完稿本，绛帐有前列生徒。宋元书本，校雠未竟。乡邦文献，正待编辑。……褒师遗集尚未编成，何以尽弟子之责耶？国难方殷，人心待挽；今竟赍志以殁，不能大声疾呼，尽匹士之责耶？继而转念：余自束发受书，即有志于学。从无丝毫个人乐利之心。练衣布裙，菜羹粝饭。所以刻苦自励，茕独自甘者，欲牺牲个人幸福，以为人群谋幸福耳！一灵未泯，九死不悔！天非梦梦，或未许余如是而止而终无成就也。

《更生记》从某种意义上说，可视为冼玉清一生的文化宣言。身处飘零时世，独身一人，独处一室，冼玉清把一生的才华和精力都倾注在了岭南文献的整理研究工作上。在中国文化史上，从来都只有那些"为文化所化之人"，会在功名利禄和文化使命之间，毫不犹豫地选择青灯黄卷的艰苦生活，苦守一盏文化孤灯，并使之代代相传，永不熄灭。

流 离 百 咏

1938年10月12日，日寇在惠阳大亚湾登陆，侵犯广州，岭南大学宣布疏散，一部分迁往香港，一部分徙至曲江。10月21日，广州沦陷。冼玉清先是暂避澳门，旋即赴香港岭南大学授课，在乱离之中守住一方讲台。

国难当头，文化遗民们都已预知，寻章摘句的治学生涯要在即将燃起的战火之中暂时告一段落了。

1941年12月25日，香港沦陷。冼玉清回到澳门自家居住。澳门下环围一号是冼玉清女士的家。冼氏家族在澳门是豪门大户，生活富足。身为名满岭南的女教授，家人对她也甚为尊重，呵护备至。她本可把碧琅玕馆移至澳门家中，继续过着云淡风轻的书斋生活。但是，这位在中国文化中浸泡已久的饱学之士，在国难当头之时，把气节摆在了至关重要的位置上，平静地做出了抉择。

她在《澳门小住记》一文中写道：

7月中旬，弟子李毓弘将李应林校长命来，谓岭南大学已决定在曲江仙人庙站之大村复课，邀予归队。毓弘曰："复校事易，而师资为难。粤北地方穷苦，道途遥远，恐有资望者不肯前来。吾子一向生活优豫，人人所知。倘吾子肯来，则其他必望风而至。盖弱女子毅然先到，丈夫汉何以为辞？此一举动，其影响固甚大者。"

冼玉清决定返校。她在文中表明心迹：

予再四维思，以为去则生命可危，留则志节有憾。何所适从哉？譬如父母病危，为子者不奔侍汤药，置身事外，何以为人？今国家正在危难之时，我应与全民共甘苦，倘因一己有优越条件，而高枕苟安，非素志也。读圣贤书，所学何事？"临难毋苟免"之谓何？遂排除众议，决计内迁。

冼玉清于8月15日乘白银丸轮船启程。此行生死莫卜，送行的亲友莫不凄然泪下。她一路经广州湾寸金桥、遂溪、廉江、盘龙、郁林、柳州、桂林等地，途中备尝艰险，行李尽失，直到9月27日才辗转抵达仙人庙大村。

仙人庙地处穷乡僻壤，物资匮乏，商品奇缺，设备非常简陋，所有建筑物皆由竹织批荡建成，既无自来水，也无电力供应，用油灯照明，每日的早餐只有少许咸菜就粥，午晚餐则再加上些肉就白饭。她回忆：

敝校位于大樟林中，环境颇美。惟荜路初启，不具不周。汲水洗衣，均须自理，其他设备简陋可知。五日一墟，馔鲜兼味。山村水远，食从无鱼。书堂走野鼠之群，溷厕集饥蝇之阵；蚊喙毒如蜂螫，雁唳哀于猿啼。孤馆青毡，关河冷落，奚能免于秋士之悲也！入冬以还，一雨七日。杜陵茅屋，夜漏床床……气候幻变，午葛宵棉；讲贯之余，伥伥放步。腾蛇有蔓草之径，碍马多岸峇之坡。惊飙忽来，白日寝曜。荧荧青灯之烬，熠熠鬼磷之光。废书长吁，永夜不瞑。嗟呼，憔悴专一之士，羁栖穷谷之中，为母校命脉，为生徒学业，甘心荼苦，勉赴其难。然而容膝无宁居之室，养性鲜可读之书。竭智尽忠，靡酬初服；吾道何之，临风增慨耳！

在这种极为艰辛的环境下，冼玉清坚持为学生授课，弦歌不辍地过了三年。1943年，蛰居曲江乡野的冼玉清得知自己在这一年被评为教育部甲级正教授。

冼玉清在颠沛流离之中写了不少诗词和文章，先后写有"抗战八记"，包括《危城逃难记》《香港罹灾记》《故国归途记》《曲江疏散记》《连州三月记》《黄坑避难记》《仁化避难记》《胜利归舟记》。1949年，冼玉清将1942—1945年所写的七绝组诗结集为《流离百咏》出版。

抗战结束，冼玉清重返岭大校园，她无限伤感地发现：

"琅玕馆为予藏书处，精椠甚多，乱后不知下落。"

她收拾乱局，平静地坐到了书窗之下。琅玕犹碧，残卷仍存，她得加紧赶路了。

幽 兰 残 香

作家秦牧评价冼玉清"是近百年岭南杰出的女诗人、国学学者、广东文献专家"。他还说："我想来想去，想不出有哪一位妇女在这方面的造诣超过了她。"此言不虚。

出身富豪之家的冼玉清从小饱读诗书，是远近闻名的才女，本可选择吟诗作画、相夫教子的闲逸生活安度一生，可是，自陈门受业六年起，她就对未来的人生道路做了清醒的抉择，淡然放弃了很多世俗的欢乐，径直步入学术深山之中攀登开路。

冼玉清琴棋书画兼通，她曾经在江孔殷太史开办的兰斋家塾里，跟随岭南著名画家李凤公学画。她的工笔花卉，得宋人法，淡逸清华，深得时人赞赏。但她一向把绘画、操琴视作余技，只在朋友相聚的雅集上偶一为之，平日里都是惜时如金，埋首故纸堆里做着最枯燥而清苦的工作。时任岭南大学中文系系主任的杨寿昌教授对冼玉清有此评价：

> 世人以冼君为画家为文人，皆不知冼君者也。我国女士之能文章者不少，而未有终身寝馈于学问者，有之惟冼君；未有以理学安身立命者，有之惟冼君；未有以化民成俗为己任者，有之惟冼君。

冼玉清学术生涯的扛鼎之作当为《广东释道著述考》。全书约45万字，对211位广东或曾居留广东的僧人和学者的佛道著述进行考订，是第一本全面收集、评述广东僧人和学者关于佛教、道教著述的巨著。全书起自唐，迄于现代，上下一千三百年，广收岭南佛道两家及相关内容的著述共500种，其中佛教著述380种，道家著述120种。这是冼玉清最重要的著作，有研究者论及，因为这部著作，作为岭南文献研究的杰出学者，冼玉清的一生才算完备。

以一己之力，完成如此冷僻且艰深的研究，使命、情怀、学养和意志力，四者缺一不可。冼玉清在碧琅玕馆的一盏幽灯之下，皓首穷经地钻研，几乎遗忘了外面正在急剧变动的世界。

1949 年 10 月 1 日中华人民共和国成立，10 月 14 日广州解放。一个新的时代拉开了序幕。

冼玉清没有选择离开。她满腔热情地投入建设新中国的工作之中。1950 年 9 月她兼任广州文物保管委员会委员。1952 年 10 月全国高校进行院系调整，岭南大学并入中山大学，校址迁往岭南大学。冼玉清继任中山大学中文系教授。1954 年她当选为广东省政协常委。

解放后，冼玉清仍然独自住在碧琅玕馆里，一如既往地治学、授课。但她感受到了某种无形的压力，旧学开始成为一种尴尬的存在。她隐隐感到不适。

冼玉清的父亲去世时，给她留下双份遗产。这笔遗产由其六弟、香港知名大律师冼秉熹代为保管、经营，据传数额巨大。但她多年来分文未动，平素自奉甚俭，甚至有"孤寒"之名。1954 年，因定期到香港银行签收遗产利息，冼玉清被人检举为经常往返香港送情报，不得不坐下来写"坦白书"。事后她向挚友陈寅恪含泪诉说"人心之凉薄"。

1955 年，这位刚满六十岁、终生以学校为家的知名女教授，被归入整编之列，于 11 月正式退休。香港的朋友、学生听闻她已退休，邀请她赴港执教，月薪高达 3300 元，澳门的家人也邀她返澳定居，她都一一谢绝，继续留住碧琅玕馆里，守着满屋的旧书、古物做研究。1956年她被任命为广东省文史研究馆副馆长。

1963年冼玉清向广东省委统战部提出到澳门、香港探亲治病的请求，有关领导人很快批准了她的申请。1964年1月，冼玉清踏上了阔别多时的香港。她此行其实是向亲人作最后一次话别，她知道自己已经罹患乳腺癌，时日无多。2月28日冼玉清给广东省委统战部部长张泊泉同志写了一封短函："现有港币十万元，欲送与国家。此系一片诚意，如何处置，希早示复。"从香港回到广州不到一个月的时间内，冼玉清办妥了从中国银行将此款拨归统战部的有关委托事宜。

1965年10月2日，冼玉清病逝于广州，时年七十岁。

1974年春，冼玉清遗产中"全部股票捐赠广东省"的信息第一次从香港反馈回内地，广东省有关方面立即发函港英方面稽核，要求查明是否有此遗产。经过长达两年的交涉工作，1976年7月，香港的中资银行从冼氏遗嘱承办人的手中收回港币三十三万九千多元。连同1964年捐赠的十万港币，冼玉清捐给广东的款项共计四十三万九千多元。这在当时是笔令人咋舌的巨款。此时冼氏离世已经十来年了。

冼玉清出身巨富之家，一生清贵，简静自持，在时代的风云巨变中独守书斋，全身心投入岭南文献整理研究工作之中，从《粤东印谱考》起，经《广东艺文志考》《广东女子艺文考》《广东之鉴藏家》《广东丛帖叙录》《近代广东文钞》，直至最后的《广东释道著述考》，均为倾尽心血之作。斯人已逝，清音长存。

又是暮春时节，我去中山大学校园里寻访碧琅玕馆旧址。碧琅玕馆已经找不到了。满园清绿，竹柏苍然，木棉花重重落在地上，红得让人有点心惊。竹叶被风吹得簌簌作响，午后的校园清润宁静。我在竹林间怅怅坐下。

恍惚间，我看见这位温雅的女教授正手拎一个碎花布袋远远地走过来。她还是穿着那件丝质的旗袍，有点旧了，可是一看就是好料子、好手工。她的眼睛跟年轻时一样清澈。她从我的身边缓缓走过去了。

那一刻，我突然好想站起身来，跟她一起走回去，回到那个诗书环绕、旧气氤氲的年代，回到她的碧琅玕馆里，和她一起评诗论画，赏玩古物，看她把满架的旧书一卷卷、一匣匣摆好，再静静地坐下来，调弄水墨丹青，慢慢画一幅兰花。

我记得，她的兰花是画得极好的。

平山堂杂忆

扬州城里有一座平山堂，是北宋庆历八年（1048）欧阳修任扬州太守时所建。《避暑录话》记述："公每暑时，辄凌晨携客往游，遣人走邵伯取荷花千余朵，以画盆分插百许盆，与客相间。遇酒行，即遣妓取一花传客，以次摘其叶，尽处则饮酒。往往侵夜载月而归。"

"坐花载月"的文人雅事自是令人神往。可是，梁实秋记忆中的那座平山堂却是另一番景象。它坐落在旧广州城的文明路上，被古色古香的贡院、钟楼包围着，在1949年的时代背景之下，看起来有几分苍凉。

1948年底到1949年初，北平风声日紧，梁实秋和妻子程季淑退到广州中山大学教书，就住在平山堂内。平山堂建于民国十二年（1923），最初是广东高等师范学校附属高小的礼堂，后来做了国立中山大学的城内教员宿舍。

梁实秋在《平山堂记》里描述，平山堂内无厨房，楼上各家做饭时间又不一致，"有的人黎明即起升火煮粥，亦有人于夜十二时开始操动刀砧升火烧油哗啦一声炒鱿鱼"，有几家还在过道里烧饭，"盘碗罗列，炉火熊熊，俨然是露营炊饭之状"。季淑每日里上街买菜，室中升火，提水上楼，楼下洗涮，常常累得红头涨脸。数百名山东来的流亡学生每日里在平山堂旁边的操场上升火煮粥。季淑见了心中不忍，让孩子拿了十元港币去送给他们买米。平山堂前面的进德会檐下，有一天晚上忽然挤满了东北来的近两百个学生、教授及眷属，他们撑起被单毛毯也挡不住斜风细雨的侵袭。梁实秋写道："那一夜，我相信平山堂上有许多人没有能合眼。"

梁实秋又在《槐园梦忆》里回忆，住在平山堂的半年间，他和季淑渐渐有了身世飘零之感。中山大学外文系主任林文铮先生信佛，他的单人宿舍是一间卧室加一间佛堂，常于晚间作法会，佛堂里坐满了人。梁实秋夫妇有时也去旁听诵经。太虚法师的弟子法舫和尚送给梁实秋一部他所著的《〈金刚经〉讲话·附〈心经〉讲话》，颇有深入浅出之妙，季淑捧读多遍，若有所契，后来持诵《心经》成为了她的日课。梁实秋感叹："人到颠沛流离的时候，很容易沉思冥想，披开尘劳世网而触及此一大事因缘。"

夫妇俩教书、读经之余，曾去六榕寺游玩，还到海角红楼喝过一次茶。最让梁实秋不能忘怀的是平山堂附近的大礼堂后面那十余株老木棉树，"高可七八丈，红花盛开，遥望如霞如锦，蔚为壮观"。走在树下，红彤彤的大朵木棉花突然从高处"噗"地落到地上，可谓訇然有声。季淑从地上拾起一朵，捧在手中赏玩良久，默然无声。

平山堂旁的木棉树，在他们的生命记忆中，是一种惊心动魄的存在。

虽处大变之际，也有短暂欢愉。同事康清桂为他们订制了一张小木桌，夫妇俩就在这简陋的木桌上"设宴"款待南来的梅贻琦、陈雪屏两先生。那一夜，桌上摆着季淑烙的香喷喷的馅饼，时昭瀛送来的一瓶白兰地让陋室生辉，老朋友酒兴谈兴皆浓，梅先生"独饮半瓶而玉山颓矣"。雅人高致，平山堂内的流离小屋顿成"雅舍"。

何去何从终须决断。1949 年 6 月，梁实秋接受台北国立编译馆的邀请，由时任台湾教育厅厅长的陈雪屏先生帮助办了入境证，和家人搭乘华联轮前往台湾。

平山堂从此永远成为了记忆中的风景。那些鲜红的木棉花，浮在旧梦之上，慢慢地也就枯萎了。

画布上的秘密

关紫兰是民国世界里的广东美人。

她一直生活在上海，但她能说一口纯正的粤语，因为她的父亲是来自广东南海的富商。她从来都生活得精致华贵，穿上好的衣料，用最时新的化妆品，有专门的裁缝和发型师为她服务。她的美，建立在丰厚的物质基础之上，美得从容娴雅，一点不带挣扎和奋斗的痕迹。她看起来香艳，蓬勃，还有一点无所事事的慵懒。

民国世界里的美人，如胡兰成所说，"是从静中养出来的。临花照水，自有一种风韵。即便艳丽，亦是锦缎上开出的牡丹，底子里还是一团静气"。这团静气慢慢晕染开来，让她们的人生渐行渐淡，似一帧韵味无穷的水墨小品。

关紫兰画的是油画。她早年入读上海神州女校图画专修科，后转入中华艺术大学，师从洪野、陈抱一先生。为提高画艺，她还去日本学画多年。她走的是印象派、野兽派的路数，看起来很洋派，可骨子里仍是闺秀气质。她的画完全偏离了"五四"以来救亡和启蒙的宏大叙事主题，呈现的是一种自娱自乐的本真状态，自自然然地表现生命的欢愉和自在，留一点欲说还休的言外之意。她不执着，不强求，不张扬，似乎不太像那个年代的艺术家。

也许，她本来就没打算做一个艺术家，只是想做一个简静和美的女人。所以，她关心的是闺房之乐，在意的是日常生活。她喜欢画女人肖像和花卉，她在画布上慢慢呈现一个女人从青涩、张扬到丰润、内敛的生命历程。这生命是自然天成的，如一棵植物，日复一日地生长，渐渐丰盈饱满，根深叶茂。

她是民国世界里的闲人，每日在画室里安然作画，把那些淡淡的愉悦涂抹在画布上，把日常的情境描绘得婉转多姿，让她笔下的人事景物透出某种耐人寻味的气息和质感。在她眼里，艺术从来都不是使命和欲望的道具，它附着在日常之上，在本色和自在中融进趣味和美感。她和她同时代的那些名女人都不同，她低调、恬淡，不挣扎也不刻薄，远离男女绯闻，直到三十五岁才嫁给一名牙医，一直体面并幸福地生活着。

关紫兰解放后基本上放下了画笔，成了上海弄堂里一个清丽、安详的妇人。她买菜、做饭、散步，过着与世无争的寻常日子。她的社会身份是上海市文史研究馆馆员，但她的画都卷起来塞在了床底下。锦绣年华都过去了，日子还像流水一样前行。她的头发逐渐灰白，但总是梳得整整齐齐，冬天很冷，她穿的是对襟中式棉袄，脖子上围一条苏格兰呢绒方格长巾。有时候高兴了，会到铜仁路上的上海咖啡馆喝一杯浓浓的咖啡。她唯一不变的嗜好，是喜欢在衣服上洒些高档的进口香水。洒香水的时候，她关上门，把幽香藏起来。

关紫兰的一生，并没有经受太大的冲击。即便是"文革"时期的照片，脸上的表情也是安宁清澈的。纵使外面的世界天翻地覆，她的生命质地总是明慧静好的。按女儿的说法是，"永远时髦，永远低调"。女儿回忆说，困难时期母亲有侨汇券，可以买到一些当时很稀罕的食品，她每次都会大方地请售货员吃。后来去买食品，人家不让她排队等候，就把她要的食物端上来。女儿吓得要命，怕别人有意见，她却快快活活地安然享用："他们要先端过来嘛！又不是我要这样的。"即便老了，她还是一个可爱的妇人。就像当年，摩登新潮的女画家开车去西湖，手忙脚乱地差点把车开进西湖里去，完了还哈哈大笑。

关紫兰画的虽然是油画，可她这一辈子，更像一尊青花瓷器，看起来清雅，骨子里坚硬，经得起岁月烟尘的磨砺。她似乎缺乏奋斗的野心和激情，但内心里理性和智慧兼备。也许她早就想明白了：在破败混乱的年代，一个安详笃定的女人，是世俗生活里的福音。

她从来都不悲不喜，不怨不怒。因为她很早就从画布上窥透了一个秘密。这秘密告诉她：

美，一直就在那儿，它们从来都没有动过，也永远不会消逝。

行商的盛宴

　　这是一个七月的清晨。古旧的宅子外爬满了暗绿的藤蔓。日影、露气杂糅，浮在满园的玫瑰花枝之上，让园子笼罩在一种朦胧、梦幻的色调中，草木的芬芳融进早晨的清气，在晨光里一点点渗出来，让人沉迷。宅子里光线暗沉，从百叶窗透进来影影绰绰的光线，在暗褐色的胡桃木书桌上徘徊。

　　亨特喜欢这样的光线和气息。他总是双眼微闭，靠在大圈椅上沉思。蹑手蹑脚走进来的仆人从不敢贸然打断他的沉思。

　　在这幢古旧的宅子里，亨特无数次地进入某种神游之中。他神游的起点和终点都是中国南方那座炎热而生机勃勃的城市：广州。从 1825 年到 1844 年，他在珠江边的十三行商馆里工作、生活了二十年。

记忆的碎片在珠江的水面上永不止息地跳动着。满江都是波光。他从这跳动的波光里看到了他和那个遥远的晚清帝国之间种种隐秘的关联。他一生最好的年华都是在那条江边度过的……

1825年2月21日，亨特站在旗昌洋行商馆的楼上，饶有兴趣地打量着眼前的一切。那时，他还是一个年轻的小伙子，不久前刚乘坐"公民号"从纽约来到广州，即将开始他在中国这个陌生的东方帝国的商业生涯。那时候，他还没预想到，他将在这里度过他一生中最重要的二十年，学会和十三行行商做生意，和他们一起经历鸦片带来巨大恶果之前中西贸易的黄金时代，他也将亲眼目睹在珠江上迅速蔓延的战火，这战火把这个顽固的东方帝国竭尽全力维护的秩序和权势——击碎。

但是，1825年的珠江水面依然是平静的。亨特住在紧挨珠江的十三行商馆里，和他的外国同行们一起，按照清政府制定的贸易规则，井然有序地做着生意。

他清楚地记得当年十三行的大致模样。从西边起，第一家为丹麦馆，与之相连的是一列中国人的店铺。临着靖远街，隔街东面为西班牙馆，再东为法国馆。接下来的是同文街、美国馆、宝顺馆、帝国馆、瑞典馆、旧英国馆。新英国馆临着一条叫"猪巷"的狭窄小巷，它的东面为荷兰馆。这里一共有十三座商馆。在这些商馆的背后，是一条长长的重要街道，从东到西，被称为"十三行街"。同文街北面尽头处的对面，矗立着一组很漂亮的中国式建筑，称为"公所"或"洋行会馆"。公所是行商的公产，任何与外国贸易有关的事都需要通过公所来进行。

外国商人一抵达广州的商馆，就被严肃地通知他们的任务只是做生意。不苟言笑的通事捧着针对外国商人的"八项规章"前来商馆宣读。比如，所有兵船不得驶入虎门，为商船转运货物之兵船必须停泊外洋，直至商船准备起航，然后一同驶离；妇女、枪炮、戈矛和其他任何武器不得带入商馆；夷人不得向官府呈递禀帖，如有事申诉，必须由行商转递；抵达之商船不得在口外游荡，必须直接驶入黄埔；夷人不得随意在海湾游玩，不得在省河划船游乐，不得将交税货物卖于民人，以免走私货物，减少皇帝陛下税收。

那年头，大清帝国的皇帝是顾盼自雄的，根本不把金发碧眼的洋人放在眼里。这可以从乾隆皇帝给英国使节马戛尔尼所下的圣谕中窥见："天朝物产丰盈，无所不有，原不借外夷货物以通有无。特因天朝所产茶叶、瓷器、丝斤为西洋各国及尔国必需之物，是以加恩体恤，在澳门开设洋行，俾得日用有资，并沾余润。"

尽管如此，在亨特的眼里，广州依然是一座迷人的城市。天气晴朗的日子，亨特坐船从黄埔港一路往前行驶，远远望见白云山上积雪浮空，不远处的珠江入海口浩渺无边，觉得此城真不可小觑，有一种暗藏的雄霸之气。广州城东西北三面都被苍翠山峦环绕，山自大庾岭绵延而来，一路重峦叠嶂或合或离，直达南面虎门入海口，这种背山面海的地貌使广州呈现出开合自如的磅礴气势。亨特们的结论就是，从地理位置而言，全中国似乎没有比广州更方便的航运港了。

亨特所在的旗昌洋行，是一座方形的西洋式建筑，宽阔的白色阳台正对着珠江水面。每天早晚，亨特都会坐在阳台摆放的雕花白漆餐桌前，端着一杯热腾腾的咖啡，意态悠闲地打量珠江水面的舟船帆影。从珠江入海口飘拂过来的清风渗进了他熟悉的海水的腥味，提醒他脚下的城市是一座面朝大海的古老商城。他手上的白色广彩瓷杯，印满了东方传统的缠枝花卉，杯底却是他最熟悉的一枚纹章，代表着他所服务的商行。

珠江水面上游动着各式各样的船艇。看得久了，单凭外观，亨特就能辨认出船是从哪里来的，装的什么货物，坐着哪类乘客。官员的船艇，两边各有二三十只整齐排列的船桨，插着各色漂亮的旗子，旗子上写着地名和官员的官衔，煞是神气。有时官衔也写在悬挂的灯笼和船尾的栏杆上。有一种"西瓜艇"，精巧快捷，是穿行于行商货栈之间的驳艇或货艇。亨特觉得江面最好看的船艇是从内地来的茶叶船，船舷和舱面都用清漆油过，看起来很干净，船的后部是船主一家的住所，十分宽敞，前面是舱房，供大班和他的会计，还有乘客们居住。船中间悬挂着巨大的、像交叉的大剪刀的船帆，这巨大的船帆被风吹得鼓鼓，抖动着发出声响，远看十分养眼。珠江边还有一排排密布的花艇，几乎列成了一条条街道，花艇的上盖雕满了各式繁丽的花纹，玻璃窗棂上描金画凤，船舱内传出各种乐音，还有行令猜拳、纵酒调笑的声音。这南方水面特有的销金窝，让来自异国的亨特觉得神秘而不可思议。

每天坐在阳台上远眺珠江，亨特渐渐熟悉了在水上讨生活的珠江蜑民。虽然他一直不太明白，陆地那么辽阔空旷，这些蜑民为什么要选择一辈子住在船上。夜幕低垂的时候，白天喧嚣的江面慢慢沉寂下来，用于运送货物、客人或者捕鱼的船只都歇下了。亨特远远看见船民们用一根长竹竿深深地插进河底的泥里，让船只停泊在江岸两边，船的主人跪着给河神和海神敬上几支点燃的香，双手合十向天祈祷，感谢神明保佑他"顺风顺水"，也为明天的起航而祈福。不一会儿，袅袅炊烟从船尾升腾起来，船民们开始准备晚饭。坐在竹檐下的全家人，面前放置着一大盆米饭，借着像黑暗里闪烁的萤火虫般的土制小灯，慢慢享用着简单的晚饭。亨特兴致颇浓地看着这些忙了一天的船民坐在船头，慢慢地抽烟、喝茶。一直到深夜，珠江水面上都飘着星星点点的火光，杂糅着咿咿呀呀的南音小调。

亨特看见烟头的红火光在夜色中一闪一闪的，他也忍不住回屋点燃一支雪茄，倚在长廊的西式躺椅上抽起来。他似乎感觉到，他和远处珠江上的船民有着某种秘密的关联。

尽管与西方人的生意越做越大，可是在清政府的控制之下，这个城市仍拒外商于城墙之外，让每年从黄埔港进入广州的洋人们既焦急又无奈。驻广州的英国散商 1830 年 12 月在呈递下院的请愿书中陈词，对华贸易是世界上潜力最大的贸易。曼彻斯特的制造商们互相议论说："如果每个中国人的衬衣下摆长一英寸，我们的工厂就得忙上数十年！只要能够打开这个壁垒就好了。"

打开这个顽固的壁垒，是一个漫长和艰难的过程。亨特们耐着性子和广州城里这些彬彬有礼的行商做着生意。

亨特对中国人的商业习俗感到新奇。他在任何一条商业街上，都会看到门边一条柱子上钉着一块小招牌，上面写着"和平""得利""集义""全合""联和"等字样。常常会有一张写着黑字的红纸片贴在门口、楼梯脚、秤和斗上，几乎各处和各物都贴上。他在大门上见到"五福临门"，走进来又见到"财源广进""闲人免进""货如轮转""客似云来""上等货物，实价不二""富客常临""日进万金""厘生万两"等等。几乎每件东西都有它的专用词语。水桶上贴着"水桶常平"，箱子上贴着"箱盒大吉"，内门上贴着"开门大吉"，柜架上贴着"箱开财来"，楼梯顶上贴着"上落平安"，船头艇尾贴着"海不扬波""惠风和畅""和风富贵"等等。

在广州商馆附近的书店里有一本叫《鬼话》的小册子。封面上画着一个穿着十八世纪中叶服装的外国人——戴着三角帽，穿着有扣形装饰的大衣，手里拄着一根手杖。书里首先提到的是"夷（yun）"这个字眼，又用另一个中文字"曼"表示"man"的发音。双音节的词。比如"今日"（to-day），在解释了它的外文意思后，用两个中文字"土地"来标出读音。有时候整句话也用这样的方法来注音。这本小册子只卖一两个便士，是提供给那些仆役、苦力和店主们使用的。这本小册子让十三行的街道上、商馆里都回荡着这种奇异的"鬼话"。它的作者是个广州人，他巧妙地把"鬼话"转化为粤语。

和十三行做生意的是官府委派的行商。行商是得到官府正式承认的唯一机构。从内地运到广州的各色货物，不经行商之手，是无法运出的。行商为洋商采办货物，会从其中抽取一笔手续费，然后出面向粤海关申报所有的进出口关税。只有行商可以和海关直接打交道。官府也委托他们管理住在广州商馆里的外国人和停泊在黄埔的外国船只。从外国居民登岸之日起，行商就成为了他们的"保商"。

在早期的十三行贸易中，行商与洋商之间保持了一种诚信的商业关系。他们之间的商贸交易几乎完全是凭借口头约定而非书面契约，行商总是忠实地履行承诺，避免甚至是杜绝毁约事件。亨特对行商赞誉有加："他们形成一个机智的、有影响的、有教养的团体。他们与外国人的日常关系非常友好，彬彬有礼。他们享有控制整个广州港对外贸易的垄断权，这种贸易每年数额达几百万元之巨。再没有比他们更体面、更慷慨、更友好的阶层可以来指导这项贸易的了。"

在广州的二十年里，亨特和行商们之间建立了深厚的友谊。在法国尼斯幽暗的别墅里，他常常回想起行商宴会上的那些中国美食，还有潘启官位于珠江南岸的富丽堂皇的别墅。

这是一片花团锦簇的东方园林，各种奇珍异木杂植其间，掩映着一座座亭台楼阁、花塔假山，扑鼻而来的馥郁花香让人如入仙境。温和的中国仆人一路教亨特识别各种岭南花果，金桔、黄皮、龙眼、蟠桃，还有茶花、菊花、吊钟花、兰花和夹竹桃等。这些盛开的花朵被花农很有技巧地放在一圈一圈的花架上，就像一个个大小不一的金字塔。亨特经过一个个小湖、好多的长廊和小亭子，他看到了在园子里漫步的小鹿、孔雀、鹤鸟，还有在水面上嬉戏的鸳鸯。

他跟着仆人一直向纵深处走去，看着仆人用双手推开一座用遏罗柚木做的厚重的双扇大门。眼前的景象让他大为震惊。

镶嵌着珍珠母和各色宝石的檀木圆柱矗立在大厅各处，

支撑起东方皇宫般的豪华气派，天鹅绒或丝质的地毯装点着一个个房间，镶着宝石的枝型吊灯从天花板上垂下来。每个小厅都用雕满通花的檀木隔扇隔开。所有房间的装饰都体现了欧洲奢华与中国典雅艺术的融合：有华丽的镜子，英式和法式的珐琅钟表，以及广州本地精制的象牙饰品。西洋立镜、珐琅钟表都是通过十三行进入中国的，行商们利用自己的特权，率先把这些西方物品应用到自家的家居装饰中了。

从楼上的游廊望出去，可以看到广州北城的城墙，珠江从园子的西边流过，沿江地带铺着大块的麻石，作为登岸的码头。

亨特第一次在行商们的私宅里看到了真正美丽的东方女人。她们全都穿着丝绸做的衣服，是玫红、赭色、粉红或豆青色这类柔和而鲜艳的颜色，袖子和外衣边沿都绣着精美的花卉。她们乌亮的黑头发，都梳成在古老瓷器上看到的那种发式，插着长长的银簪或玉簪，簪头上坠着金饰和银饰。她们长着明亮的黑眼睛、象牙那样白的牙齿，眉毛描得细细的，手臂和脚踝上戴着一串串金银镯子，走动时发出银铃般悦耳的声音，她们的手细长白皙，戴着长长的指甲，脚小得让人吃惊。她们穿着各色漂亮的绣花鞋，衬着高高的木髓鞋底，走起路来悄无声息。这些美丽的女人甚至还抽着长长的、有玉嘴子的漂亮旱烟筒，烟筒上系着绣花的丝质小烟荷包。

刚刚坐定，仆人们便用双手呈上上等茗茶，碧绿的茶水在绝美的瓷杯里冒着热气，一盘又一盘的干果糖饼摆在茶几上供客享用。紧跟视觉盛宴之后的是味觉盛宴。凡是品尝过这非同凡响的"筷子宴"的洋商，无不对此保持着终身难忘的美好记忆。燕窝、鸽子蛋、海参、鲍鱼之类，是宴会上常见的食材。可是，亨特有几次很惊奇地发现餐桌上竟然炖着热气腾腾的狗肉、蛇肉、鹿肉。似乎没有什么小动物，是这些黄皮肤的中国厨子不敢拿来烹制的。

餐桌上变戏法似的摆满了食品。好客的主人根本坐不下来，在整个宴会时间里忙前忙后地关照着每位客人。餐桌上摆放着刀、叉和汤勺。葡萄、梨子、苹果、杏仁、干果盛在不同的瓷盘里，还有一大盘堆成金字塔模样的水果，点缀着一朵小花。果盘围拥的餐桌中间还有一盘盘切成薄片的火腿和煮熟的鸡蛋。蓝色玻璃杯子里盛着加糖的米粥，绿色玻璃杯子里装着沙苏酒。开胃菜撤走后，鱼翅和甜脆饼干端了上来，接着是扁豆片炒腰花、蜂蜜拌羊肉、板栗蒸饭、杏仁甜点和茶。

寒暄之间，亨特才发现刚才所有的一切只不过是这次盛宴的序幕。主菜上来了。桌子上瞬间又摆满了炖羊肉、烤鸭、烧鹅、烧鸡等等，所有这些美味都配有各式各样的时鲜蔬菜。餐桌上真是五彩缤纷，让人眼花缭乱。

　　亨特对于鱼翅的做法十分好奇。这一大碗晶亮浓稠、美味至极的美食，巧手的厨子们到底是怎么做出来的呢？潘启官家有多位厨艺精湛的大厨，那位皮肤黝黑、表情严肃的阿贵据说是掌握了鱼翅秘制妙法的，有一次亨特请他过来详细解说鱼翅的做法。阿贵是顺德乡下人，爷爷、爸爸都是远近闻名的厨子，他的鱼翅做法得自家传。阿贵用带着顺德口音的粤语，附带比划手势，让亨特慢慢弄明白了鱼翅的制作工序。

　　选上等鱼翅，再反复剔选出最好的鱼翅，平铺在蒸笼上，把鱼翅蒸得极烂。用四条火腿肘子，去爪，去滴油，去骨，四只鸡去腹中物，去爪翼，煮汁备用。取火腿、鸡、鸭各四，用前面备好的火腿鸡汁煮，然后撇油，使汤底极清腴，再把蒸烂的鱼翅放进去。经过多道繁复工序做出来的鱼翅，在亨特看来，是他平生享用过的至佳美味。中国厨子的精妙技法，让亨特叹为观止，虽然他对于阿贵煮碗鱼翅要用这么多鸡鸭火腿颇为不解。

每次饮宴，都在深夜结束。仆人打着写有主人姓氏的红灯笼，一直把亨特护送回商馆，并送给他几盒南京枣和荔枝干，还有一些时令水果。那盏红灯笼的亮光，一直在珠江水面晃荡着。它是一段即将结束的好时光的象征，即将被冲天的火光取代。

亨特一生都忘不了东方人的谦和多礼。每到新年的前几天，行商就会来给商馆的洋商赠送礼物。这些礼物包括盛在装潢讲究的漆盒里的上等茶叶，镶嵌着珠贝的黑色漆器，一幅幅有着美丽刺绣的南京绉纱、丝巾，还有一桶桶精选的上等干果，装满了橘饼、南京枣和荔枝干。行商送来的礼物总是那么地精美，全都是上等货色。

亨特在广州的日常生活是惬意的。亨特居住的商馆里雇佣了一大群中国仆人。一个男仆每月收入 4—8 美元，女仆 9—10 美元，因为中国女人不肯侍候欧洲人——除非薪水特高。一个仆人专职负责一种家务，他们由总管统一管理。总管负责商馆里的所有采买事务，统领所有的仆人，给他们提供住宿和其他所需，为他们的品德行为负责，清理所有账单，每月计算总数，但并不需要向亨特们逐一报告收支细目。由此看来，总管是商馆里最有权力的人物之一。

商馆里的厨子是从哪里以及如何学习西餐的，亨特不甚了了。他只知道他一住进商馆，就发现这些长着南方面孔的广州厨子能做十分地道、美味的西餐。每天早上 8 点左右，亨特开始慢慢享用早餐，有冷烤肉、水煮鸡蛋、茶、面包和牛油。中午的正餐有菌汤、咖喱鸡、烧肉、烩肉丁和酥皮糕点等等。厨子总是根据季节更替，做出各种当季佳肴。餐桌上从来不缺各类鲜美海鲜，因为浩瀚的南海跟商馆的距离很短很短，刚从海里打捞上来的各色鱼虾海错，当天就能摆上商馆的餐桌。

　　亨特对于一年一度的圣诞节宴会记忆犹新。长餐桌上用各种精致的瓷器盛满各色干果、时鲜水果，大花瓶里插着一簇簇本地鲜花，餐桌上真是花团锦簇，花香和食物的浓香掺杂在一起，宴会厅里笼罩着让人沉醉的中西交融的情调。厨师们托着托盘，按菜谱把一道道美味送上餐桌，有番茄片、什肉沙拉、烩鲜菌、水鱼清汤、法国洋葱汤、焗龙虾、鱼柳白酒汁、烧栗子火鸡、扒牛柳、圣诞布甸等，玉盘珍馐、山肴海错，令赴宴者大饱口福。

　　那个年代，澳门是广州洋商的后花园。亨特每隔一些时日，就从广州坐船到澳门办事、游憩。他总是坐一种被称为

"内河快艇"的航船去。这种船宽敞舒适,船舱很高,即便是亨特这样的高个子,也可以在船舱内站立行走,两边还有宽大的铺位,上面铺着干净的席子,供他们睡觉。船舱中间摆放着长餐桌,提供美味的餐点。在商馆里忙碌多日的亨特,一旦登上内河快艇,心情总是无比愉悦。从珠江口出海,迎面吹来的海风湿润清爽,海上波平如镜,前面等待他的将是在澳门商馆举办的各种盛宴,他在宴会上会看到许多久违的、金发碧眼的美人,这对独自留在广州的年轻的亨特来说,实在是一件极具诱惑力的美事。

洋商前往澳门,要办理正式的申请手续。先要请三到四个行商联名向海关递禀,这中间必须有一位行商是递申请的洋商的指定担保人。出发前,洋商的行李要交给海关监督衙门的官员检查,由他们把准许状发给船主,洋商才能顺利登船。这一申请程序一般需要四天左右。亨特的担保人是随和、仁慈的浩官,有一次亨特因病要立即启程前往澳门,浩官在二十四小时内帮他把全部证件办完。

亨特在他的回忆录《广州"番鬼"录》中详细记载了他某次前往澳门所携带的大量物品。这张五花八门、让人有点惊诧的物品清单登记在海关发放的放行文件中:

现核准商人亨某，乘张叶保艇，携带上等茶叶等物前往澳门发售，所带已完税各物登记如下：

63斤茶叶，分为5盒。4只大银匙。8只小银匙。45斤油，分两罐。10斤图画。36斤蜜饯，1箱。27斤咸鱼，1袋。612斤木器，分8箱。30双鞋，1箱。270斤铁器，分3箱。30双鞋，1箱。270斤铁器，分3箱。18斤火腿，1袋。1张木桌。27斤白糖，1袋。3幅小油画。

该夷商亨某又带有如下自用物品：

542瓶洋酒。30把外国餐刀及30把叉子。30个玻璃杯及玻璃瓶（细颈盛水瓶）。1箱毛衣服。2盒剃头用具（剃刀）。250斤外国衣服。30斤香水。200斤铅。70斤潜水鸟食物。1块玻璃镜。1盏大玻璃灯。20斤外国陶器。10斤铜器。30斤蜡烛。10块洋香皂。1枝洋枪及1个小望远镜。170斤白色洋纸。5幅有玻璃镜框的图画。40斤卷烟叶（方头雪茄烟）。1床白色毛毯。

据亨特解释，其实以上物品里有一部分是商馆买办们托他带往澳门售卖的杂货。他每次去澳门，从不拒绝这些买办的"委托"。

当然，亨特的主业还是和行商做生意。在亨特的眼里，世界上还没有哪个地方，比外国船队集结在黄埔港口的那种景象更好看的了。洋商采购的中国货已经装载完毕，各艘船只满载着令人心跳的财富，排成优美的行列，显得气势磅礴，船上各物整洁，秩序井然，船舷隆起，迫切等待着起航那一刻的到来。

好像一切事情都安排得顺顺当当似的，西南季候风开始时，把外国船只吹送来黄埔。就在这段时间内，从8月到11月，从内地运来的大批茶叶到达。各家行商的行号存有大量的茶叶，等待着第一批船只的到来。当船只满载货物并陆续启碇时，东北季候风正好吹送他们出海。每个贸易季度最早装货从黄埔出发的是东印度公司的船只，通常是在11月。他们拥有上年年底签订的合约。当市场上的茶叶交割完毕，船只已经出发，这一贸易季度也就结束了。洋商开始和行商拟订下一季度的合约。这些合约常常数额巨大。

在这种宁和的商业气氛没有受到枪炮的摧毁之前，洋商们对中国行商的信誉度保持着高度的信心。亨特在他的回忆录《广州"番鬼"录》里写道：

> 作为中国商人诚实的必然结果，我们既无收据，也无支票簿。大笔款项的支付由买办经手，只在一张小小的纸片上签署该行号的大写字母。……我们不必办理海关手续；我们的进口货的起卸和存放，以及出口货的装船外运，都经由通事，我们只须通知他进口货存入哪家行号，或出口货由哪一艘船装运就行了。……我们无需考虑我们装运茶丝的质量和重量。诸如用"普鲁士蓝"或"中国黄"来增加茶叶表面光泽，将碎柳或榆叶掺入以扩大体积，掺入铁屑以增加重量等奸巧办法，还未为那些"异教的中国人"所实行。

大量茶叶、丝绸和瓷器的出口，让中国商人很长一段时期在和西方人的贸易中占据着主动地位。正因如此，一直被广州人称为"番鬼"的洋商终于按捺不住了。当鸦片偷偷摸摸从黄埔口岸运进来的时候，一个东方帝国的命运彻底改变了。

最初的时候，每到傍晚，亨特站在商馆的阳台上，远远就会看见被称为"扒龙"的船只从外洋驶进来。它乘着东风，免掉了三十对桨的溅水声，悄无声息地、果断迅速地驶来。从吃水的深度来判断，船舱里载着的，正是一袋袋罪恶的鸦片。

这宗愈演愈烈的巨大罪恶生意，很快葬送了一个东方帝国千百年来竭力维护的秩序和礼义，也彻底改变了亨特在广州的商业生活。

1844年2月，在中美《望厦条约》签订的前夕，亨特离开广州，启程回国。对于亨特来说，这是他一生中最为伤感而无奈的事情。

1891年6月，在他服务多年的旗昌洋行宣布破产的几天以后，亨特在法国尼斯去世。

羊城通草画事

庭呱的画坊在广州十三行的同文街上。

这是一间典型的中国式画坊。左右明窗，花影摇曳，内悬"一帘花影云拖地，半夜书声月在天"的屏轴，几案椅杌、箱笼箧笥、钟鼎彝器、古董炉瓶之类物件满布室内，乍看还以为是书香人家的雅室。

近窗口处，有三位画师正伏在画案上，在一张张面积不大的通草纸上细描着色。他们画的是洋人们定制的题材，耕织、养蚕、制茶、烧瓷之类，尽是些平常日子里大家都在忙乎的事情。画师们也搞不明白，为啥金发碧眼的洋人们会着迷于这些物事。

庭呱很有巧思地制作了画册的封套，在布面织锦的封面上，用漂亮的正楷为自己的画坊做广告："咸丰肆年梅月写。

大清朝粤东省城同文街右便第壹拾陆间，洋装各样油、牙、纸蓪、山水人物、翎毛花卉墨稿画。关连昌庭呱承办。"

同文街和靖远街上，和庭呱做着同样营生的画坊还有几十家。一早开门，洋人们便陆续登门了，从他们的服饰和谈吐判断，多是附近商行里的洋商，还有停驻在黄埔港的洋船上的水手。他们是来为远在异国的亲戚朋友选购礼物的。

这些漂洋过海而来的洋人，对广州这座东方港口充满着好奇。这里一年四季飘着热浪和带着腥味的海风气息，拖着长辫子、穿着土布裤衫的土著们每天在街巷里穿行，忙着各种奇奇怪怪的活计，数不尽的茶叶、丝绸、瓷器被工人们飞快地装箱打包，运送到洋船上。

荷兰人奥格尔比在《1655—1657年荷兰东印度公司出使中国记》中写道："广州，中国的第一大城……东面、西面和北面被丰饶而悦目的山峦环绕，南面临海，在地理位置上，全中国没有比广州更方便的航运港了，船只每天从世界各地运载商货而来。"也许是广州港帆樯林立、货如轮转的气势，让这位初来的外国人把广州误认作"中国第一大城"了。

最初进入这座东方城市的西方人是乘坐巨大的远洋航船在黄埔港靠岸的。他们看见，黄埔岛上漂亮的宝塔，耸立在一片小树林中，四周稻田环绕，茂林修竹掩映的村庄农舍、带飞檐的庙宇屋顶、江面上大大小小的来往船只，组成了一幅独特的中国式水乡画卷。

1769年8月，威廉·希基乘坐"普拉赛"号从伦敦抵达广州黄埔港，眼前的景象让他很是惊奇："在碇泊处看到了5艘英国船、4艘瑞典船、6艘法国船、4艘丹麦船及3艘荷兰船，所有外国船都运载1200～1500吨的大量货物……河上繁忙的场面如同伦敦桥下的泰晤士河。"

英国人阿隆在他名为《中国》的回忆录里记述了当年进入广州城的激动人心的情景：

> 越接近广州城就越有生气，不仅因两岸繁荣的场面、往来不绝的商船，更因为有大量长期居住在水上的百姓……这是个景色充满活力，有许多漂亮的建筑的地方。在河岸边，有一排景色如画的农家房屋，夏季被树枝遮蔽，有宽宽的台阶从水面延伸到那里。对岸是一座佛寺及一座高大的宝塔，墙垣环绕。……随着壮丽的黄塔、浩荡的珠江以及远方的层峦叠嶂逝去，我们立刻到达河南，听见了城市街道的喧闹

声。……在许多地方，岸上排列着豪华奢侈的别墅，其露台上开满鲜花，悬挂着奇特的灯笼，还有其他各种古代装饰。像威尼斯的宫殿一样，每座别墅都有独立的小湾，即港口，主人的游艇停靠在那里。有些地方，如商人的货仓、商店，设在水边，有宽宽的梯子从最低的阳台向下延伸，便于运送和接受货物。

阿隆提到的珠江岸边的豪华别墅是属于当时的行商的。这群身份特殊的商人，是西方各国和中华帝国贸易往来的中间人。来自西方世界的商人在他们的贪欲还未膨胀到无可抑制的顶点之时，借助行商们的巧妙斡旋和苦心经营，和中华帝国的贸易进行得倒是有序有节、顺风顺水。

一位名叫欧斯贝克的传教士在《中国和东印度群岛航行记》（1750—1752 年）一书中，详细记述了他所乘坐的瑞典东印度公司的"查尔斯王子号"所运载的货物，大约有 123.2 万磅茶，4000 匹丝绸，5300 匹黄棉布，5000 磅生丝，4000 磅土茯苓（用来填塞在茶箱之间，售卖给药房），2165 磅珍珠母，4170 磅大黄，9000 磅有色纸，约 500 箱瓷器，6 吨烧酒及各种漆器，等等。运回的中国商品实在太多，以至于这位教士发出感慨："每年输入欧洲及其他地区的茶，其数量之大令人难以置信。"

带着中华帝国神秘色彩的各类商品漂洋过海运到了西方世界里，这些有着精美花纹的瓷器、飘着异国奇香的茶叶、仿佛来自仙境的丝绸织物，把西方人完全迷住了。这遥远的中华帝国到底还藏着多少他们没有见过的宝贝呢？这些精美的器物是怎么制造出来的呢？来到广州的外国商人、军人、水手和游客走进了同文街上庭呱们的画坊里，看画师们在雪白柔软的通草纸上一笔笔细描，把令他们目眩神迷的东方风物活灵活现地绘制出来。

这雪白的通草纸又是从哪里来的呢？洋人们依然一头雾水。按照东方人的习惯，一切都得回到天地之间追根溯源。

这通天地灵气的植物有一个正儿八经的学名：通脱木。在很久远的年代里，通脱木生长在温暖、湿润的山间。在湘楚之地、云贵两广等省都可窥见它的踪影。它"叶似蓖麻，其茎空心，中有白瓤，轻白可爱"，在很幼嫩的时候，就被老农们用来制作通草纸了。

做通草纸，先要割取通脱木的茎髓。把树干用水泡两三天，剥去外皮，再把茎芯切成几段，茎髓就是从这些雪白的茎芯中提取出来的。据说，最好的茎髓取自树茎的端部，树越幼嫩，茎髓就越坚韧洁白，越老则越脆弱，色泽也越暗淡。所以，通脱木在还很幼嫩的时候就被砍下来制作通草纸了。

切割下来的一段段雪白的通脱木茎髓，看起来就像一截截海绵短棒。工匠用短木棒插入通草茎髓用作转轴，左手掌覆盖其上向右慢慢转动，右手持一把尺余长的刀，从下向上抵住左手，像削苹果皮一样将茎髓片出薄薄一层，雪白的通草纸就在匠人们的手下如卷轴般滑动着产生了。这道工序，双手的配合、刀工的均匀缺一不可，技术越好，剖出的通草纸就越宽越长。有时候稍微不慎，纸就断裂了。

是哪位山间的老农第一个片出那张雪白的通草纸的呢？这是永远不可知的。大部分的民间工匠只是在山林里默默劳作，最后归于山林。

十九世纪中期，通草纸被源源不断地运到了广州。这些从山中运出来的纸，已经稍稍有点泛黄，它们被送到十三行同文街一带的画坊里，用来制作通草画。种种资料显示，广州不但是通草画的发源地，至十九世纪六十年代这个潮流衰落之前，广州也一直是通草画的主要生产地。

据说，通草纸在运色着墨方面有天然的优势，水彩涂抹到质感丰富的通草纸上，往往呈现出一种亮丽的效果，几可媲美漆器和刺绣。在一般的纸张上着色，容易流于平板呆滞，在通草纸上着色，经过光的折射，却能呈现出几近马赛克玻璃般斑斓缤纷的效果。

画师们把自己熟悉的市井生活都一笔一笔描在了通草画上。

他们画街头忙着各种生计的小贩，卖各种吃食物件的小贩，卖缸瓦、卖鸡毛掸子、卖鱼、卖豆腐花、卖茨菰、卖风炉、卖酸梅汤、卖手巾袋、卖花、卖薯莨、卖萝卜葱蒜、卖鸡鸭、卖香、卖菠萝鸡、卖梳篦、卖葵扇、卖皮草、卖羊肉、卖雀、卖通书、卖蛇药、卖绒线、卖草席、卖蛇药、卖腊味、卖桐油灰、卖罗斗蒸笼、卖鱼圆、卖凉粉、卖蒲团、卖膏药、卖蚊烟、卖虾酱、卖竹椅竹枕、卖木鱼书的……

他们画街头的手工艺人，补鞋、造酒、磨刀、补瓷缸、捶金箔、裱扇面、整番鞋、做缨帽、打银、箍桶、钉屐、写灯笼、描金漆器、补遮、补碗、车玻璃缸、锣水晶、舂米、蒸酒、烧瓷器、磨锡器的，还有各类在街角摆摊的江湖人士，占卜、装裱、刻字、拆字、睇相、唱道情、唱独角戏、舞马骝的……

有时候，他们也画那些遥远的宫廷景象。富态的官员闲坐在孔雀绿的帷幔下，官服上翻滚着宝蓝色的海浪；贵妇人头戴金色凤冠，披着粉色的云肩，百褶裙上绣着梅枝；闺阁小姐身穿翠绿长裙，裙摆上用金线绣着精美的花朵和蝴蝶。暮春时节某处大宅第的雕花大门徐徐打开了，一群五彩斑斓的蝴蝶从里面飞出来，幻化出一幕幕繁华富丽的迷离景象，穿过曲折蜿蜒的回廊，纵深之处隐藏着不可言说的东方神话……

　　庭呱们把这些精心制作的通草画装订成册，摆放在画坊的几案上，供洋人们登门选购。画师们总是整天伏在画案上赶工，没有闲下来的工夫。

　　街道两旁是鳞次栉比的商铺，吆喝声此起彼伏，无数伙计肩挑手扛，往返于江边的商船与仓库之间。装饰气派的商行内，梳着大辫子的老账房在柜台后瞅里啪啦地打着算盘。戴着红顶帽的行商白天会见异国客人，晚上小心翼翼地清查库房，吩咐下人盯紧新到的货物，它们有的产自广州，有的从苏杭或福建运来，无数的货船和马车正日夜兼程地奔赴十三行。丝绸、茶叶、瓷器、漆器、牙雕，在货栈里堆得满坑满谷。

十三行商馆离同文街不远。商馆前面有一个宽阔的广场。一些沿街叫卖的小商贩麇集在这里做些小本生意，卖咸橄榄的、卖花生的、卖糕点的、卖茶水的、卖粥的，各种吃喝的东西都有。补鞋的、做裁缝的、修油纸伞的、编藤条帽的，还有变戏法的，都在广场上占了一块小小的领地各自忙碌着。太阳晒得很热时，他们会举着葵扇拼命地扇风。从商馆里走出来的洋人们总是带着逗乐的神气，看着这些闯进广场的手艺人。

从广场上望珠江，可以看到各式各样大大小小的船艇穿梭往来，几乎把整个江面都盖满了。这些小艇往往载着船民们的全部家当和所有的家庭成员，在水上漂浮着。这些人里面不仅有生意人、木匠、鞋匠、裁缝、卖食物的、卖杂碎的，还有算命先生、应急郎中、剃头匠、爆玉米花的和专门替人洗头的。这些浮家泛宅的水上居民，就像陆上的居民一样，各行各业，干什么的都有。不过，他们看起来似乎更自由自在，他们划着桨，扯着帆，摇着橹，想把船驶到哪里就驶到哪里，这珠江水面实在是太宽了。

江水随着季节的变换不断变幻色彩，夏天是混浊而带着腥味的，到了初冬，暖阳照在江面上，江水铺金缀玉般波光粼粼。从遥远的欧洲远航而来的商船张开白色的巨帆，昭示着某种迫不及待的野心，这些来自异国的庞然大物，满载着来自海洋的腥甜的气息，让珠江变得动荡不安。来自西里伯斯岛、婆罗洲、爪哇、新加坡、马来西亚等地的巨轮，从中国南北各口岸驶来的货船、客船，穿梭两岸的渡船、疍民的渔船、剃头艇、算命和耍把戏的艇、出售各种食物衣服和日用品的小艇，还有那些令人迷醉的花艇、官府的巡船，把珠江变成了一座水上浮城。

庭呱在珠江边生活了好多年了。他每天看着江面的帆船穿梭不息，听着街巷里的喧嚣市声，安安静静地在画坊里忙活。他对自己的境况很满意。

外国的画师们也来了，有名可考的是英国人钱纳利和法国人波塞尔，他们在本国的处境并不比清帝国的同行好多少，于是在十九世纪初期来到这片传说中的"黄金地"试试运气。他们迅速被眼前的素材所征服：丰饶的帝国商品，举世无双的贸易市集，雍容而精明的商人，以及他们华贵典雅的岭南庭院……不少画家将艺术事业押在这里，等待着归去时的声名鹊起。他们如痴如醉地描绘眼前的景象，似乎怕它在一瞬间消失得无影无踪。

对生计保持高度灵敏的庭呱们，迅速开始仿效这些外国画师的笔法。1817年，阿美士德勋爵使团的医生麦克劳德在其著作《英舰"阿赛斯特号"旅行记》中写道："广州被认为是中国最有趣的城市。……广州的民风至为淳朴，游客也有机会看到当地百姓和欧洲人的友好关系，发现他们将'模仿'的才能发挥到了极致。当地贸易的需求促使他们这样做。"

庭呱们用国画的工笔画法结合欧洲方兴未艾的洛可可风格，创作出别具一格的画作。新呱、煜呱、同呱、富呱、奎呱、发呱……这些知名的画师，用纤细的狼毫小楷把自己的名字端端正正地署在了画作的下角。漂洋过海回到故乡的洋商们在午后懒洋洋的时光里，翻开这些带着浓郁东方情调的画册时，再次看到了这些民间画师的名字。

画师们描摹的珠江岸边的市井风情再次唤醒了他们的记忆，这记忆带着炎夏暑热的气息扑面而来，这是中国南方特有的气息，朴野雄浑，充满着烟火人气。他们记起来了，在珠江岸边，在他们曾经走过的街巷里弄里，售卖的商品五花八门，有鲜果、咸鱼、糖芽、海味、酱料、膏蟹、海参、烧腊、面食、糖糕、糙米、油豆、燕麦、燕窝、槟榔、椰子等。各色洋布、机布、夏布、包头、头绳、肚兜、冬帽、雨帽、藤帽、锦被、丝带、皮衣、皮裘、缎鞋、布鞋、色袜、首饰等服饰用品堆满了大小摊档。各色苏杭美物、古玩、玉器、水晶、宝石、瓷器、烟袋、花灯、胭脂以及各色竹木制品带着神秘的东方气息，让他们驻足沉迷。三百六十行每日在城里唱大戏，各类手工匠人在城里安营扎寨，各显神通。这城市里的平头百姓，还和千百年来的农耕生活保持着密切的联系，每日街巷里穿梭着无数的小贩，从异域来的西人永远弄不清他们会从提篮货担里翻出什么神奇的物品，卖藕、卖猪肉、卖豆腐、卖浆、卖竹笋、卖盐、卖蚕虫、卖凉粉、卖福建糕、卖汤丸、卖荔枝、卖绿豆粥、卖水仙花、卖豆腐干……跟过日子有关的所有物件，他们都能像变魔术一般掏出来。这珠江边的升斗小民并不知道不远处的洋船将会如何改变这个国家的命运，他们只是每日里生火做饭、出外谋生，在穿街过巷的忙碌里把日子一天天地过下去。

所有这些关于广州市井三百六十行的杂碎知识，都是庭呱们最熟悉的。他们生在民间，长在民间，没有经过太多的美术训练，提笔画的都是自己熟悉的日常生活，这些不登大雅之堂的市井人物和世俗场景，在庭呱们的画笔之下，真实而朴拙，鲜活而有趣。正是这些源自民间的质朴画作，带着与生俱来的勃勃生机，如野草繁花一般，盛开在历史的千沟万壑之中。

十三行商馆的拱形露台上，烛台的微光照亮了一张张野心勃勃的脸。远处的黄埔港口，一艘艘洋船载满丝绸、瓷器、茶叶和各式东方珍品，即将扬帆起航，回到西方世界。船上的水手的行李里，夹带着庭呱们精心绘制的通草画册，预备讲述一个东方国度的神秘故事。

庭呱们在夜色中关上了画坊的大门，他们的身影消失在了历史的重重帷幕后面。

船 娘 阿 姚

　　约翰·汤姆逊是在 1867 年某个夏天的夜晚从香港坐船进入广州的。这使得他对于广州的观察和记忆带上了那个夜晚映在珠江水面的船火的微光。此后他一直坚定地认为，夜幕降临的时候是进入广州的最佳时间。

　　借着朦胧的夜色，他看见集结在岸边的巨大的货船还在装卸货物，大箱大箱包裹严实的货物，在搬运工持续不断的吆喝声里，被井然有序地摆放进船舱里。约翰知道这些货箱里装满了他的英国家乡人喜爱的丝绸、茶叶和瓷器。他回想起小时候在爱丁堡古旧的庄园里，祖母把中国红茶和英国牛奶调配在一起，煮出热腾腾的英式奶茶，客厅的边柜上摆满了各式各样的中国青花瓷器，早晨从花园里摘下的百合和玫瑰，在青花瓷瓶里频送暗香。在茶香和花香的熏染下，他坐在沙发里咬着司康饼，听祖母讲述那个神秘的东方国度的故事：雕梁画栋的宫殿里坐着威严的中国皇帝，一群一群身着绫罗绸缎的宫女穿梭其间，青绿和紫色的帷幔后面藏着无数的中国珠宝，黄金和翡翠堆得如同小山一样……

现在，他终于来到了那个祖母口中反复念叨的东方神秘国度。

约翰乘坐的大船在海面航行，经过珠江入海口，很快便驶进了广州城郊。约翰感觉像是进入了一个河道迷宫，河道中间遍布着影影绰绰的稻田、桑田和芭蕉林。河道被密林般的船只挤满，这里面很多是各个商行的货船。舵手们凭借熟练的驾船技术，把船只驶得飞快，远看起来像是在水上飞一样，不一会儿就消失在稻田中间了。约翰乘坐的船只在迷宫般错综复杂的航道上悄无声息地滑行，经过寺庙、挂着彩旗的城堡、村庄，好像绕了无数个弯似的，终于在天黑时驶到了海关的码头边。

和祖母神话般的描述截然不同，约翰坐船进入的这座水上城市是浑浊、嘈杂和热闹的。江面上漂浮着难以计数的各种民船，船夫们大呼小叫地撑着船，娴熟地在大货船的空隙间穿行。他们划着桨、扯着帆、摇着橹，仿佛要把船驶向什么方向就是什么方向。约翰在夜色里看见千百支点燃的线香像火柴那样在他们的船头闪闪发光，向他们信仰的神明表示着敬意。不一会儿，江上的各种船只都亮起了灯火，用油纸做的圆灯笼点缀着岸边的海关大楼，水面上舢板和小舟来回穿梭，刚刚涂上新漆的官船气派十足地溯河而上，船头悬挂的彩色旗幡在夜色中格外耀眼，空气中充满了叫声、笑声和嘈杂的说话声。

约翰乘坐的大船停泊在了广州城东南数十公里外的黄埔水域。他从这里换乘当地的民船继续前行，前往位于广州城南的十三行商馆。上岸进了商馆，约翰直奔房间歇息。这一路的颠簸、嘈杂和混乱，让他有些疲乏了。半梦半醒之间，他听到江面隐隐传来的唱曲声，夹杂着杂沓的人声，像一阵阵潮汐涌上岸边。江上的渔火飘忽跳荡，一夜不灭。

约翰·汤姆逊是来自苏格兰爱丁堡的一位年轻的摄影师。在故乡的庄园里，他从小沉浸在对古老中国充满奇幻色彩的想象世界里。五年前，他携带着当时最先进的摄影器材到东南亚旅行，在大小海岛和柬埔寨的吴哥古窟里徜徉，借着日光观察东南亚丛林里正在开花的植物，拍下了许多珍贵的照片。破旧的街道旁到处是一簇簇怒放的奇花异草，鬓角插着鸡蛋花的棕色皮肤的妇女，驾船在水上兜售各种五颜六色的食物，吴哥古窟里埋藏着无尽的秘密，这一切都激起了他对东方文明极大的兴趣。五年后他来到香港，在皇后大道开设了一间摄影工作室。以此为据点，他迫不及待地背上他的摄影器材坐船来到广州。

对于约翰这样的西方人来说，他们透过屏风、扇子、漆器和青花瓷器想象的中国，是一群群身着绫罗绸缎的富贵闲人轻摇纨扇，安坐在亭台楼阁间，品茗、抚琴、下棋、吟诗，欣赏梅兰竹菊在日光和月色下投在白色院墙上的幻影。可是，约翰站在海关的码头边，亲眼看见的却是一座在水上漂浮的城市，江水浑浊，人潮涌涌，成千上万的船只挤挤挨挨地聚在一起"讨生活"。他有生以来第一次见到如此壮观而混乱的场景。他在写给朋友的信中这样描述："江面上舟楫云集，数不胜数，大的大，小的小，各不相同的造型，实在难以描述。我之前从不知道有那么多泛家浮宅居住在广州河上，密集的船只就像篮子里的鸡蛋一样一个挨一个。据说珠江上容纳着大大小小超过八万艘船，以每艘船有四个居民计算，珠江上至少居住着三十二万船民。"

约翰所说的船民，就是世代居住在船上的珠江疍民。

早上，约翰从商馆的广场上遥望珠江，看到各式各样大大小小的船艇几乎把整个江面都覆盖了。这里不但聚集了在运河和内河进行长途、短途运输的驳艇，还有一排排等待季风季节扬帆出海的远洋大船。广州的地理位置和朝廷的政策，使得这座南方城市成为了中国唯一对外通商的贸易港口。中华帝国与西方各国之间的全部贸易都以此为中转站，中国各地的产品在这里都可以找到，来自全国各省的商人和代理人聚集在这里做生意，东京、交趾支那、柬埔寨、暹罗、马六甲或马来半岛、东方群岛、印度各港口、欧洲各国、南北美洲各国和太平洋诸岛等地的商品都被运到这里。

珠江上的船只种类繁多，客船、驳船、茶船、盐船、舢板、官船、战船、巡船、花艇、养鸭船等等，分工精细，功能繁杂，足见这座水上城市的规模之大。东起猎德涌，西至白鹅潭，数万艘疍家艇遍布江面，其中既有数量庞大的住家船，也有疍家人用来维持生计的横水渡、捕鱼艇、贩货艇、剃头艇、典当艇、杂耍艇、酒菜艇……

在约翰的眼中，这座水上浮城的空间布局其实和陆地上是一样的，只是街道变成了河道。它和城市一样分成几个区域，有自己的商业街、生活区和娱乐区。船上不仅有生意人、木匠、鞋匠、裁缝，卖故衣、卖食品、卖饰物的，还有算命先生、应急郎中、剃头匠、爆玉米花的和专门替人洗头的。这些浮家泛宅的居民，就像陆上的居民一样，各行各业，干什么的都有。装载食物、水果和其他商品的小船在江面上到处流动，小贩们大声叫卖着他们的商品，剃头匠的轻舟灵巧地在船堆中穿梭，杂耍的小艇流动表演，捎客在船上进行交换或买卖，厨师巡回展示菜肴……这是一座看似杂乱却运转有序的水上商城。

这座水上浮城里最主要的居民就是这群以船为家的疍民。

虽然疍民是生活在广州最底层的人，但约翰对他们颇有好感。他发现他们自有一套生存哲学，逢船让路，在密密麻麻的桅杆林中择路航行，很少与人发生争吵。他们处世泰然，偶尔船只受损或毁坏，也能以惊人的坚韧与耐心泰然处之。他们出生在水上，嫁娶在水上，最后也死在水上。他们的生命从水上开始，又在水上结束。他们一辈子很少梦想到陆地上去生活。

对于疍民来说，船就是他们可以随意移动的土地。

撑一条船在水上"讨生活"是艰辛的，但他们习惯了这种简单、朴素的生活。这些简陋的水上住处在船尾都有一个凸出的平台，上面摆着几盆花，还有一个小神龛，他们在神龛前燃烛点香，祈祷神佛保佑一切顺风顺水。

这些疍家人很善于做生意。只要约翰走在江岸上，马上就会有一群舢板凑上来，撑船的妇人用英语问他："需要舢板吗？"上了船之后，约翰才发现她们只会说这一句英语。疍妇们非常能干，把船上收拾得干干净净，一边撑船，一边照料着在船舱里玩耍的孩子。这些在水上长大的小孩，在船上如履平地，三四岁时就能摆弄船桨和用于撑船的竹竿，帮妈妈干活。

生活在珠江河道上的疍家女与岸上的妇女是两类人。水上活动范围广、流动大，疍家女像男人一样在从事水上运输工作，她们的划船和掌舵技术，和男人一样娴熟。不用缠足的身体条件，使她们可以自由走动，兜揽生意。在满布船艇的珠江航道上，到处都有疍家女穿梭忙碌的身影，招揽顾客、驾船渡客、运送货物，管理运营杂货艇、柴米艇、蔬菜艇，向顾客兜售烤生蚝、鱼生粥、艇仔粥、烤生蚝、炒蚬、炒螺等等，忙碌让她们小麦色的脸庞上挂满汗珠。

她们也是最早和西方人密切接触的中国民间妇女。疍家女驾艇在水上穿行，不仅接送外国人在黄埔码头和商馆间来回，还向他们出售商品，与他们进行各种生意往来，包括为外国水手洗衣服、缝补衣物等等。

学者陈序经后来在一份关于疍民的调查报告中这样描述疍家妇女：

疍民一家中的家长，自然是男子。但是疍民妇女在工作职业上既和男子处于同等地位，所以实际上男子与妇女的权力并无高下。疍民中人人都能工作，自食其力，故男子纵使死了，妇女也可以自己生活。而实际上疍民的妇女却是家庭的主人。所谓家庭的主人，不但是对内，就是对外也是这样。对内因为家庭的入息，她也有一份，也许还是大部分，所以钱财的分配，她也有一部分或较大的权力。又如子女的养育，日常生活的调度，和艇舶的管理，她更占着比较重要的地位，这是用不着说明的。至于对外方面，上轮船，到车站，或守候码头，或站立岸旁来招揽顾客，固然是妇女的工作，就是一般装载货物的艇舶，要到店铺里交涉运载货物事项，也多由妇女担任。此外一般做小贩生意的，如杂货艇，柴米艇，蔬菜艇，差不多完全由妇女管理。没有丈夫或是丈夫在外劳作的蛋妇，固须事事由自己来做，就是一般夫妇同住的，这些工作也多由妇女负责，而男子却做了看守艇舶，预备饭菜，以至管理小孩等琐事。

由此可见，在蛋民的家庭结构中，男子与妇女的权力并无高下，女子在家庭财产的支配上还拥有一定的权力。

有一天，约翰雇船在珠江"游船河"，遇上了一位美丽的珠江船娘。她叫阿姚。

她赤脚站在船头，着深色短衫宽腿裤，头戴竹笠，用一条方格头巾围住脸庞，露出蜜色的肌肤和水样荡漾的眼眸。她的鼻梁高挺，脸部线条如雕塑一样，在日光下美得放光。她双手撑篙，前胸微微挺起，身体的曲线和撑船的竹篙贴合在一起，在水面有韵律地摆动着，让来自异国的约翰看呆了。

阿姚是他见过的最美丽的东方女人。

阿姚总是微笑，望向他的眼神清澈透亮，没有一点躲闪。她是被海水洗礼过的女子，和养在高宅大院的上层社会女子完全不同。那些女人总是将脸画得又红又白，还会将天然的眉毛剃掉，再画上两条细细的、像新月一样的眉，看起来那么苍白、病态，缺乏阿姚身上自带的、毫不雕琢的健康美。

阿姚常常在天色刚刚亮的时候，驾船来到商馆附近的码头。约翰早已肩扛摄影器材等候在岸边。阿姚载着他开始一天的珠江之旅。他去海幢寺、漱珠桥、荔枝湾，阿姚把船停在河道里，等他穿街过巷回来。她会说简单的英文句子。即使不说话，通过手势示意，他俩也能默契地交流。阿姚撑篙在河道里自由自在地穿行，有时候回头看他一眼，约翰感觉自己要融化在那荡漾的流水中了。他们不说话，让船在水上滑行，四周的喧嚣声都成为了遥远的背景。

阿姚在船上做艇仔粥给他喝。她把事先准备好的粥料，油炸花生米、炸鱿鱼丝、炸米粉丝、生菜叶丝、海蜇丝、熟猪肚丝等等，各取一撮放入瓷碗里，再加入新鲜鱼片，冲入沸滚的味粥，这也是阿姚先用生鱼骨熬好的，最后撒上芫荽、葱丝、紫苏叶，加入一小撮虾子、几滴麻油。她把这碗热腾腾、香喷喷的艇仔粥端到约翰面前。约翰觉得这是他吃过的最美味的东方美食。

天黑了，阿姚驾船把约翰送回商馆。她微笑着和他挥手告别。她的脸在夜色里放着光。约翰在此后的摄影生涯里拍过无数的女人肖像，但他在回到爱丁堡的岁月里，常常捧着他给阿姚拍摄的肖像端详。阿姚隔着遥远的岁月微微笑着望向他，方格头巾包裹的脸蛋上，那双被珠江水滤洗过的眼眸，荡漾着无限的风情。

时光验证，在约翰·汤姆逊的东方之旅中，阿姚确实是他见过的最美的东方女人。

关于糖水铺的流年旧事

　　每次从中山图书馆出来，总是径直穿过马路，走进路边的那间糖水铺。很简陋的桌椅碗盘，几个从乡下来的女孩站在炉前手脚麻利地舀糖水，盛汤圆。店里人多，可是流动很快，每个客人坐在桌前，几分钟工夫喝完一碗糖水，起身走人。年复一年，小店自有流水般的格调和秩序。

　　小店里的糖水真是好喝。几十种传统广东糖水用有点稚拙的毛笔字写在纸牌上。用料似乎只是芝麻、花生、红豆、绿豆、番薯之类，配上牛奶、鸡蛋、汤圆、椰汁、芒果、西米、百合、陈皮等等，就可以花样百出，每一碗端上来，都自成一格，舀一勺品一下，甜到心里。

　　几十年了，小店一直开在文明路路口，门面没有做过什么大装修，也没有赶时髦地搞什么连锁扩张。它所有的魅力，都在端上来的那碗糖水上，真材足料，没打折扣，没做花巧，喝下去的时候，真的很暖心。大颗大颗的红豆，煮得很软烂，一咬就破，椰汁也好像是刚从椰壳里舀出来似的，漾着清香。

有一年冬天，天天都泡在中山图书馆里。主楼旁的旧院墙还没拆，可以看见那种宫殿式的琉璃叠瓦，一层层的，波浪一样地展开，老树的枯叶密密地铺在瓦上，风一吹，飘得老高。陈旧的书香，让人的心很静。迎着冷风走出来，总会去店里喝一碗热热的香芋椰汁西米露。

有一天在店里看见一个阿婆站在收银机旁低声训斥一个二十多岁的小伙子，看起来像是她的孙子，要他"返屋企"呆着，不要在这里"阻住"姑娘们做事。小伙子低下头快快地走了。阿婆也没和姑娘们说话，依旧在炉前忙着，很家常的样子，可是笃定、温和。

我猜阿婆小时候就是喝着妈妈煮的糖水长大的，后来出嫁了，就在家门口架起炉灶卖糖水。煮糖水也是一门考人的手艺，得靠耐心，每道工序都不能马虎，芝麻要在石磨里慢慢地磨，汤圆要一个个用手捏。一碗糖水品质如何，要看煮糖水的那双手、那颗心。最平常的小食，需要最精巧的手艺、最笃诚的心意。

阿婆让我想起了广州城里过去的糖水铺。

旧时光，慢悠悠，人活得似乎不像现在那么仓促慌张。女人们就在家里张罗全家的衣食，尽心尽力，坐在小石磨前细细地磨芝麻、杏仁，是理所当然的本分。因为这单纯专一的心念，煮出来的糖水，也就特别地甜。

江太史江孔殷住同福西路，是民国年间广州的头号美食家，家里的好厨子，如秘不示人的私家珍藏。"太史蛇羹"就是家厨李才秘制的粤菜名品。当年广州的军政要员、殷商巨贾、各路草莽英雄，无不以一登太史第的宴席为荣，其实是冲着这道"太史蛇羹"来的。可是，在江太史的孙女江献珠的记忆里，女佣六婆才是她最喜欢的厨娘。六婆在太史第里备受女眷和孩子们的欢迎，就因为她有一手做小食甜品的绝活。

小孩子放学回家，六婆会为他们煮甜糊。她最拿手的是杏仁糊。献珠常常看见六婆坐在小凳子上，小心地把米放进小石磨内，加些杏仁进去，慢慢地磨呀磨，米浆从石磨的槽口流到瓦盘内，她再用布袋细细滤出米浆，这样做出来的杏仁糊雪白幼滑，好看又好吃。不同的时节，六婆做不同的糖水，花生糊、芝麻糊、核桃糊、莲子百合红豆沙、香草绿豆沙、三色豆粥，大宅第里四季飘香。六婆告诉小献珠煮糖水的诀窍："够甜才够香呀!"

民国年间，广州城里煞是热闹，各路英豪齐集，为救国大业南北驰骋，军人们从长洲岛上的黄埔军校一路厮杀着北上，夕阳把越秀山上的古城墙映得血红。虽是风云变幻、铁马金戈，珠江上的桨声帆影依然是这座老城不变的背景，街巷里小贩穿行叫卖，店铺里生意繁忙。生计还是这座老城的主题。

糖水铺的小老板，自小就在这条街上长大，小时候看阿婆煮糖水，耳濡目染间就学会了家传手艺，长大了成家立业，把这糖水铺接过来，规矩和功夫还是上一辈传下来的，一点不能马虎。都是寻常材料，都是细碎功夫，煮出来的糖水却是独此一家。

绿豆沙。广州天热，糖水铺里常年都卖绿豆沙。民国年间，有几间很出名。第六甫的陈珠记，专卖跳壳绿豆沙。选用张家口绿豆做原料，加些旧陈皮，用大瓦煲煲足火路，煲盖上有孔，绿豆壳从盖孔跳出，故名跳壳绿豆沙。这样的大煲猛火，煮出来的绿豆沙着实生猛香甜。另一间友记，专卖香草陈皮绿豆沙，私家秘诀有三：第一，绿豆是特选的，浸泡去衣后再慢火细熬；第二，糖用的是一半白一半红，既香又清；第三，香草和陈皮加进去，消热润喉，香味独特。

汤圆。过去宝华路上有两间糖水铺的汤圆都很好吃。一间名昌记，卖麻蓉汤圆，用芝麻酱拌糖粉做馅料，搓成椭圆形，吃起来特别香甜。另一间名荣记，主人磨糯米浆时加些洋西米做配料，汤圆煮熟后爽滑不粘牙。名伶新马师曾每日登台唱大戏，曲终人散后常去荣记吃一碗热腾腾的甜汤圆。

芝麻糊。将黑芝麻磨烂成浆，加糖煮即成。壬癸坊口的兆记甜品店有一款山桔芝麻糊，风味独特。黑芝麻略炒，配少许山桔皮增加香味。用石磨磨芝麻时搭些白米，连磨两次，再用箩斗筛过，煲熟后放上好片糖，加适量熟猪油拌匀。熟客都知道，吃完兆记芝麻糊几乎不用洗碗，因芝麻糊幼滑，麻油、猪油又配搭得法，吃完后碗内明净如洗。

豆栏中的潘容记卖的杏仁糊有个好听的名字：杏莲。选用北山大杏做原料，配搭适量白芝麻，加进去皮去心的上好湘莲，煲至浓香扑鼻。杏莲杏莲，边喝边念，真有韵味。

市井小民，每日里为衣食奔波，每一点智慧都融进衣食之中，所以穿衣吃饭皆全心全意，朴素之中，另有生趣。糖水铺外，还有糖水挑子。长堤大马路上，每天都有糖水小贩把挑子停在路边，用木勺熟练地为路人盛糖水。应顾客要求，一碗甜品里可以同时有几个品种，如芝麻糊、杏仁糊、绿豆沙凑成一碗，黑、白、绿三色分明，得名为"甜品三及第"。另一种是芝麻糊与杏仁糊同盛一碗，黑白相间，拼成一幅太极图。

旧时的广州城是人间烟火繁盛之地。一早推开骑楼的木窗，俯身向下望一望，早点摊档已经热气腾腾地开张了，香喷喷的热气直扑过来。老字号茶楼上，老茶客稳稳当当地坐在了老位置上，只等着一盅两件送到面前来呢。

上下九、第十甫的莲香楼、陶陶居、广州酒家、清平饭店，泮塘的泮溪酒家，龙津路的荣华楼，宝华路的银龙酒家，长寿路的何荣记，这些古色古香的酒楼，就竖在老街道边上，等着茶客们一大早神清气爽地走进来，坐定，慢悠悠地揭开茶盅，像揭开平常日子里那些隐秘的快乐。

光是粥，就有几十种。鱼丸粥、鱼肠粥、鱼球生菜粥、鸡片粥、鸡球粥、烧鸭粥、生肠粥、猪肚粥、猪腰粥、猪肉粥、肉丸粥、艇仔粥、田鸡粥、水蛇粥、牛肉粥、及第粥……每天早上喝下一碗热腾腾的粥，觉得日子还是滋润怡人的。

何况，还有那么多的甜点呢。数数吧，红豆糕、绿豆糕、眉豆糕、钵仔糕、伦教糕、松糕、九层糕、马蹄糕、油香饼、甜薄撑、糖沙翁。广州人真爱吃甜食。

可是不知道从什么时候起，我们不再能在出门拐右走一两百米后，尝到阿婆们的手艺了。我们自幼就看惯了阿婆那张长满褶子的笑脸，隐在面档高汤的热气后面。在遥远的记忆闪回中，她是技艺高超的厨娘，她包的云吞，蟹籽在薄得透亮的面皮后面隐隐透出红色的微光，她用大骨烹制的高汤像牛奶般乳白芬芳，她撒佐料、舀面条的动作如行云流水般洒脱自如，有时阿婆还会站在桌边问我们："好唔好味？"

街角的阿婆们慢慢隐身不见了。到处只看见闪闪发光的摩天大楼，看得人心里直发慌。

我想念阿婆的糖水铺、云吞面档。我好想一早下楼就看见阿婆站在街角的档口里，手脚麻利地做她的拿手绝活。

回南天里广州的雨断断续续地下着，让人郁闷，我就捧一本旧书，听民国年间的老辈絮叨他们的美食记忆。似乎闻到杏仁糊的香味，正从这些泛黄的旧纸上，慢慢地渗过来。好想看六婆坐在下着细雨的屋檐下，把米放进小石磨内，加些杏仁进去，慢慢地磨呀磨，让米浆从石磨的槽口流到瓦盘内，再用布袋细细滤出米浆。好想喝一碗六婆煮的杏仁糊呀。

区桃的秘密旅行

临睡前，区桃靠在枕边读沈从文的《湘行散记》。民国廿三年（1934）冬，沈从文南下，从桃源上了一条小船，溯流而上，回家乡凤凰。路上"千家积雪，高山皆作紫色，疏林绵延三四里，林中皆是人家的白屋顶"，沈从文直叹："什么唐人宋人画都赶不上，看一年也不会讨厌。"夜深时，他听着水在船底流过的细碎声音，给远在北平的新婚妻子张兆和写信，写累了，他就以"我想睡到来想你"收笔。天亮时船篷沙沙地响，又下雪了。

她在静夜里读这些被水打湿的文字。那些熟悉的湘西景色，它们的声音、气味、颜色在过往的四季里穿行，她看见野草繁花在平山大川的泥土里疯长，触目可见绿水长天，橹歌正从江面浮起，在水雾里浸泡得越发清亮……那一刻，她好想逃离城市生活，回到湘西山野里做一个落拓不羁的浪人。

区桃平日里就喜欢在城市里游荡。她不想把自己裹在职业套装里，做个外表光鲜的成功人士。她常常把自己想象成穿着晴日木屐在东京漫游的永井荷风，有点落寞，有点疏离。

她喜欢午后到东山的洋楼间无所事事地晃悠。东山新河浦一带，是最有南国风情的地段。那些院墙高耸的小红楼里，曾经住过许多不凡的民国人物。仔细打量一下那斑驳的院墙，也许砖缝里都藏着时光遗留的故事碎片。院门朱漆剥落，再也看不到穿旗袍、梳爱司髻的女子从院子里走出来，举把碎花洋纸伞，看屋外的天光。她们都像雨巷里的丁香一般的女孩，在革命的洪流里，消逝了踪影，散尽了芬芳。院子里的那棵木兰树，也许是老主人几十年前迁往海外时就已种下的，它把岁月的秘密都藏在了花苞里，借着雨雾悄然细语。

秋天刚刚降临这座城市的时候，她坐公共汽车在培正路下来，一个人在巷子里慢慢走，走过烟墩路、寺贝通津路、恤孤院路，一直走到新河浦路，在那条河涌前停下来。

从老院墙里蔓延出来的婆娑草木和秋阳缠夹不清，在马路上画出跳动变幻的图案，巷子里人很少，偶有少年骑车晃过，甩下几声铃响。树影光影掩映的马路上，浮动的满是寂寞。

这寂寞是最恰当的背景，天色、地气和内心的节奏应和着，像深流的静水。那些藏在岁月深处的秘密，似乎都在这个秋天的午后浮出了水面。光影摇曳，恍若隔世。

园门深掩，竹叶和青藤围拥的园门上还刻着旧园的名字，多是平常简朴的用字，一路看过去，简园、明园、隔园、逵园、慎园、润园、竺园，想想住在这样的园子里的人，总该是腹有诗书吧，至少是对诗书心怀敬畏吧。

她喜欢看老洋楼里的植物。南国的草木是这座城市里活得最自在的生物，应天时地气，该开花时开花，该落叶时落叶，不惊不乍，一派淡定。它们和小洋楼的红墙有种天然的默契，成就了这座城市最美的景色。玉兰花香弥漫在秋天空荡荡的院落里，会让人忍不住想起一些早就化作云烟的旧事。这座城市，因了阳光的终年照射，似乎有点过于直白，它的曲径通幽处藏得很深，需要有心人慢慢寻找。

谁说这座城市缺乏故事呢？这些静默的老洋楼，每一幢都装满了故事，只是故事的主人都是曾经沧海，归于无言罢了。上个世纪二十年代，春园是穿长衫的青年毛泽东经常出入的地方，他是从仓边路的农民运动讲习所步行过来的，有时他也去不远处的简园找他的老乡谭延闿，争取他的支持。

谭延闿爱写字，爱美食，闲时总是坐在书房里挥毫泼墨，还喜欢呼朋引伴去同福中路的江太史家里品尝"太史蛇羹"。

英俊倜傥的汪精卫住在葵园。那时候他还没成为汉奸，是受人崇仰的少壮派革命家，每次登台演讲，女学生们掷花如雨。广州，是他和妻子陈碧君的大后方，夫妻俩南北驰骋，直至一头栽下马来。

当然，东山并不只是住着国民党的大佬。那些雕花的立柱门廊、水刷石砌就的堂皇门第，还有罗马式的圆穹阳台，是和民国时代广州盛行的西洋风相应和的。在国外经商致富的华侨带回了西方的设计师，在东山建起了一幢幢富丽优雅的洋楼，也把西化的生活方式带回了新建的宅第里。

据说当时东山一带最大的园子是彩园，大富商梅家的宅第，园子里花团锦簇，围拥着四幢小楼，小楼里住着梅先生的四位妾侍。这彩园如今已不见踪影，夜深的时候，那些过去的美人会从树影花魂中飘出来吗？

有一天晚上，区桃从一间用洋楼改造成的咖啡馆里走出来，看见临近的红楼里，满洲窗靛蓝墨绿的玻璃里渗出朦胧的灯光，而院墙上的老树却浸在清冷的月光里，瞬间真有隔世之感。这座老城市，偶尔，也会把你带入幽暗迷离的陈旧迷宫之中，那里，还藏着某种隔世之美。

有时候，区桃会大清早出门去长堤。

这座城市的早晨，清新蓬勃。南方的山与海内力雄劲，酝酿了整整一夜，在黎明时分被蓬勃升起的太阳唤醒，这力量就顺着地气一直升腾，渗透到草木之中，渗透到空气之中。天地万物都被唤醒了，鸡蛋花沾着夜露张开了花苞，蒲葵的青叶被朝阳映得几近透明，泥土与草木、露水搅拌，渗进早晨的阳光里，那气味真好闻。

这是早晨和上午之间的间隙时刻。蕴蓄了一夜的种种气息，在天亮的时候达到饱和，又揉进早晨的清气，这时候正一点点地散去，就像在夜里悄悄漫开的水，在阳光滤进来的时候，慢慢地干了。早上匆忙的上班人群、送小孩上学的庞杂队伍，还有早点摊档上喧嚣的热气，仿佛在一瞬之间全都隐去了。在这个边缘地带，突然一下子呈现出巨大而空阔的时空，让区桃的心有些飘浮。

如果这一天碰巧没有阳光，那些汽车的废气和雾气就会乘虚而入，为这座城市蒙上一层淡灰色的纱幕。区桃听见尖利的车声破纱而出，种种琐碎的市声隐在纱幕之后，发出沉闷的声响。远处有铁器碰撞的断续声，夹杂着巨木坠地的声音，锤子敲进木头的声音，忽然又有一声尖利的口哨掠过，像扬起的高音，可是一点也不动听。这些市声浮在这灰色的纱幕之上，像一些没有意义的符号。纱幕揭开，里面却是硬生生的现实。

区桃不喜欢现实，她从现实的空隙里钻出来，朝着有光的地方径直走去。

这城市依然是元气充沛的，海就在它的旁边，山就在它的背后，街巷里的老木棉年年开花，茶楼里的点心热气腾腾，酒楼里的海鲜生猛诱人，一德路的海味街人声鼎沸，清平市场的药材还是主妇们煲汤的最爱。这里有阡街陌巷，人声杂沓，也有闲花野草，鼓乐喧哗，还有原汁原味的粤菜茶点，和咿呀流转的粤曲小调、街头巷尾的闲言碎语缠杂在一起，组合成有滋有味的市井生活。

区桃穿过老街巷，去长堤边的爱群大厦喝早茶。她仿佛回到了民国年间，穿着碎花旗袍，坐在全城唯一的旋转餐厅里，独自一人喝茶。从圆穹状的玻璃窗望出去，可以俯瞰帆樯林立的珠江水面。她望见从四乡进省城的人正从天字码头挤拥着上岸，农夫们挑着满筐新鲜的蔬菜，卖花女的小艇上装满了凌晨刚刚摘下的带露水的素馨花，人力车夫载着衣着摩登的太太小姐们停在了先施百货公司门口。

天色说变就变，转瞬间大雨将至。城市在临雨的那会儿，总是会显出一种落寞的风韵。天空被一阵阵涌来的乌云搅得波澜起伏，光线越来越暗，可是薄雾微明中的城市忽然变得亲切起来，呆呆的、滞重的高楼大厦在一瞬间被包裹上一层透亮的、晶莹的东西，有一种微微跃动的轻灵。它们正浮出海面，是微雨前的海市蜃楼。

区桃站在江边看江流涌动，有一种大戏即将开场的兴奋感。仿佛有聚光灯一般，城市有些疲惫的风景被照亮了，在淡墨色的天幕烘托下仿佛正从海面升起，呈现出一种疏离的美感。很快地，在隐隐的雷声陪伴下，雨来了，淅淅沥沥，一浪高过一浪地。整个城市被浓浓的雨雾罩住了，它们被雨一点一点地淹没了、推远了，成了不那么真实的背景，由前景变为背景。大雨让一切都停顿下来，它像一道颤音，扰乱了原来的节奏，而使一切都有了一种游离的意味。

区桃在天字码头坐上渡轮。她想起沈从文当年是在大雪中坐船回凤凰的，她也想在下大雨的时候坐船在珠江上浪游，去探寻江流奔涌中这座老城不可言说的秘密。

图书在版编目（CIP）数据

广州事情／王美怡著. -- 广州：广东人民出版社，
2025．5．-- ISBN 978-7-218-18522-4

Ⅰ．Ⅰ267

中国国家版本馆 CIP 数据核字第 2025BF0013 号

GUANGZHOU SHIQING
广州事情

王美怡 著

出 版 人：肖风华

责任编辑：夏素玲　张译天　唐明映
装帧设计：上海王媚设计工作室
责任技编：吴彦斌

出版发行：广东人民出版社
地　　址：广州市越秀区大沙头四马路 10 号（邮政编码：510199）
电　　话：(020) 85716809（总编室）
传　　真：(020) 83289585
网　　址：https://www.gdpph.com
印　　刷：广州市岭美文化科技有限公司
开　　本：787mm×1092mm　1/32
印　　张：10.125　字　数：166 千
版　　次：2025 年 5 月第 1 版
印　　次：2025 年 5 月第 1 次印刷
定　　价：78.00 元

如发现印装质量问题，影响阅读，请与出版社（020-85716849）联系调换。
售书热线：(020) 87716172

扫码观看
《广州事情》文学影像